JN141699

バイリンガル・エキサイトメント

バイリンガル・エキサイトメント

リービ英雄

岩 波 書 店

目次

Ⅲ

路地裏の光――島国と大陸をめぐる十五のエッセイ

題字　著者自筆
カバー・扉図版　大川景子『異境の中の故郷』より

I

その直後の『万葉集』

——三つの講演

その直後の『万葉集』

大震災からたった二カ月、このような時期に『万葉集』の話をするのは適切かどうかと考えていました。その一つの理由は、これからいろんな作品を通してお話ししたいと思うんですが、ぼくにとって『万葉集』は暗い世界にはなり切れないからです。むしろ日本語の表現の明るさ、新鮮さが『万葉集』の中にあって、けっして明るくない時期に『万葉集』の話を本当にしていいのかと思いました。このイベント自体も大丈夫かという心配があったのですが、主催のJR東海の方から、実は一・五倍ぐらいの応募があったと聞きました。このような日本にとって難しい時期だからこそ、『万葉集』の中に込められている日本語、日本文化、非常に具体的な日本語の表現を、見る、考えてもいい。そういう決意を皆さんから感じ取って、ぼくはあえて今日明るい『万葉集』の話をさせていただきたいと思います。

大震災に関して最近いろいろ新聞を読んで、一つぼくが感動した話は、アメリカにおける日本文学研究の創始者であるドナルド・キーンさんが八十八歳になって日本人になる、日本に帰化するということを決意して、日本人と一緒に生き、日本人と一緒に死ぬことにしたという記事です。ぼく自身はいまだに外国籍ですが、二十年前にスタンフォード大学を辞職して日本に定住することになりました。キーン先生も四十年ぐらい前に帰化すればよかったかなという気持ちがぼくにはあるんですが、何らかの感動によって、あるいは何らかの感情によって人間は動くものであると思いました。

また、キーンさんの話に関連して言いますと、ぼくは今まで『万葉集』を通して、一つの国際化、一つの国際性を見てきたわけですが、このような時期ではもしかしたらそのような話だけでは足りないのではないかと結構深刻な気持ちになっています。キーンさんは——私は後輩ではなく弟子でもないのですが、出発点においては似たような立場にいた者として言うと——まさに文学者として日本とつきあってきた。日本の記者がニューヨークのアパートに駆けつけてきたときのインタビューでも、一番最初にキーンさんが訊いた質問は、「松島は大丈夫か」「中尊寺は大丈夫か」だった。『奥の細道』を若い頃に研究したキーンさんは、自分にとっての日本はすぐれて文学の国としての日本であるという姿勢でずっとやってきたわけです。

三月十一日の後、いろんな人の動きがありました。経済的な理由で日本に来た人もいるし、ちょっと危なくなったから日本を捨てて本国に戻った人もいる。あるいはこの時期だからこそ日本に残って日本を助けるという人たちもいる。ぼくの場合、もちろん何があってもずっと日本にいるということを昔から決めていたわけで、アメリカでも中国でも外国のことを書くときは、あくまでも日本語の作家として——日本語の作家になったわけですから——日本語の観点で書いてきました。

ぼくの場合も、キーンさんとはかなり違った形ですが、まず言葉があって、日本語に魅かれたのです。日本の文化や社会は、ぼくはそれと四十年ぐらいつきあいをさせていただいているのですが、かなり速いペースで変わっていくんですよね。今ぼくは大学で教えているのですが、若い人たちにとっての日本文化と、六十歳のぼくにとっての日本文化はちょっと違う。それも日本の近現代の特徴です。非常に速く変わる。しかし言葉だけはそれとは別に、千三百年経っても読むことはできるし、頑張れば一部外国語に翻訳することもできる。言葉を通して、表現を通して日本文化とつきあってきた自分の選択はそんなに間違っていないと、この時期だからこそ感じました。

ちょっと具体的な話になるのですが、ぼくは若い頃、アメリカの大学で日本文学を教えていて、八〇年代に『万葉集』の一部を英訳しました。厳密に言うと、巻一から巻五まで、最初の四分の一。ぼくは今でもこの最初の四分の一は一番すごい『万葉集』だと思っている。柿本人麿も山上憶良も入り、数々の名歌が入るわけですから。それで四十歳になる寸前に、キーンさんのように一生、外国における日本文学者として続けるのか、翻訳家として続けるのか、それとも自分で日本文学を書くのかという、歴史の中からけっして答えが出てこないような選択に迫られて、ぼくは『万葉集』研究をやめて、途中で翻訳をやめて、自分で日本語を書くことにしました。

『星条旗の聞こえない部屋』でデビューしてからしばらくの間は、ぼくは翻訳家ではなく創作者だから、『万葉集』を翻訳していたということはあまり言いたくなかった。しかし不思議なことに、デビューしてからいろんな日本の作家と話をすることになって、それは二冊の対談集（『新宿の万葉集』『越境の声』）にまとめられているわけですが、現代の作家として日本の他の作家たちと話をするときに必ず『万葉集』の話になった。しかもぼくのほうからじゃなくて相手のほうから、現代の話をすると『万葉集』における日本語の表現の話題になる。大江健三郎さんとの対談も、大庭みな子さんとの対談もそうだった。ぼくの第一対談集の表題作は司馬遼太郎さんとの「週刊朝日」での対談だったのですが、司馬遼太郎さんから「新宿の万葉集」という、すごく不思議な題を与えられてびっくりして、それを第一対談集のタイトルにしたわけです。新宿というのはもちろん二十世紀後半の日本の近代都市です。それと『万葉集』を結びつけて、『万葉集』の現代的意味とは何なのか、現代の文学者にとって『万葉集』とは何なのかということを、あの司馬さんがぼくよりも考えてきた。

そうすると、気づかないうちに『万葉集』は『万葉集』のほうからぼくのほうにやってくる。翻訳するということと創作するということを、ぼくは非常に安易に区別していたのですが、『万葉集』を翻訳していたことによって、外国人に生まれたぼくは一つの日本語の力、あるいは日本語的な感受性をもしかしたら鍛えられたのかなと思って、現代文学に携わりながら少しずつ『万葉集』の世界に戻った。

それで二〇〇四年、ちょうど9・11をあつかった『千々にくだけて』を執筆していた頃でしたが、岩波新書から『英語でよむ万葉集』という不思議なタイトルの本を出しました。以前翻訳していた『万葉集』の場合、翻訳するということは、もちろん日本語の読めない外国人のためだったんですよね。今度はそうじゃなくて、翻訳を通してぼくが見ることができた、日本語に対して見えてきたものを日本人に訴える、日本人に読んでもらうという意図で書きました。すごく売れた。村上春樹とか渡辺淳一のような売れ方ではありません(笑)。しかし、このような本でこれだけ売れるということに、出版社もおどろいていました。

『英語でよむ万葉集』を出したとき、全国から葉書や手紙が届くようになりました。読者の多くは年齢が上の方だからインターネットのコメントは少なく、日本近代文学の本来の姿で、ある日知らない人から葉書がきれいな字で来る。それを読むのもぼくは一つの楽しみだったのですが、危ないこともありました。というのは、全国にはぼくより『万葉集』に詳しい人たちがいっぱいいる。ぼくがどこかで『万葉集』の講演をするとき、聴衆の中に、私は三十年間この枕詞を研究してきましたが、リービさんの解釈は違いますよ、と抗議する人がいます。これは非常に危ないことでもある(笑)。これほどの人数の前で、ぼくよりよく読み込んでいる方々がいらっしゃる前であえて『万葉集』の話をするのも、ちょっと怖いという思いがします。本当にそうです。

さっきぼくは『万葉集』の「明るさ」と言いましたが、戦後日本の大作家の中で飛び抜けて日本文化に対して鋭い批評性を持っていた三島由紀夫は、『古今集』は日本文化の真昼であるという有名な発言をしています。であるとすれば、あけぼのはどうだったかということをもって現代の立場から『万葉集』を見る。これはたぶん『古今集』であるとか、『方丈記』であるとか、『新古今集』であるとか、あるいは松尾芭蕉を見るのとはちょっと感覚が違うんですね。『万葉集』の明るさがなくなったとは言い切れない。むしろその明るさ、あけぼのの光みたいなものは、『新古今集』の夕暮れから八百年経っていても、頑張れば感じ取ることもできるし、いささか共有することもできるし、もしかしたら現代の日本語を書く、創作するに至って、その影響を受けながら一つの新鮮な日本語を書くこともできるかもしれません。

なんだか『万葉集』万歳という話ばかりですが、『万葉集』はぼくにとって古典文学の中で一番肯定できる大きな存在としてありました。

ＪＲ東海がスポンサーだからということではないのですが（笑）、ぼくの人生は旅の人生です。たぶんアメリカから日本まで百回〜二百回ぐらい旅し続けて、日本に永住してからまた中国へ旅をしたり、元の国のアメリカを旅したりして、日本に戻ってくると、その旅に基づいて日本語で書くということをくり返してきたわけですが、ぼくが初めて『万葉集』と出会ったのも旅においてでした。ぼくがちょうどここに来ている大学のゼミ生と同じ二十歳前後の年齢だったとき、リュックを背負って、岩波文庫の『万葉集』をそこに入れて、新幹線ではなく各駅停車の鉄道に乗った。運賃は千八百円ぐらいだったでしょうか。真夜中に出発して、大垣で乗りかえて、京都へ行ってそこで一泊してから、京都から歩き出して宇治に一泊した。それから奈良にたどり着いて、日吉館という昔の研究家とか文学者、歌人たちが泊まっていた一泊八百円すき焼きつきの宿に泊まって、その翌日また奈良から飛鳥へ向かい、山辺の道を通って明日香村まで行きました。

これをぼくは本の中で「時間を南下するような旅」と言ったことがあるのですが、京都から奈良、さらに奈良から飛鳥の世界に入る。リュックの中にはもう一冊、ちょうど太平洋戦争の直前（一九四〇年）に出た英訳集があったんですね。非常に古めかしい言葉なんですが、それなりにきれいな言葉で、それを読んでいると、飛鳥には Heavenly Mount Kagu があるという。天《あめ》の香具《かぐ》山《やま》を、Heavenly——天の性質を持った、Mount Kagu という山がそびえているように訳していた。ところが山辺の道を通って、大神《おおみわ》神社を通って、桜井の横から入ってみると、「何、これ」と思うような小さな小さな、Mountain とも言えないような塚というか丘というか、英語で Hill

と言うべきものがあったんですね。大和三山、Three Mountains of Yamato の他の二山も、耳成《みみなし》はもっと低くて、畝傍《うねび》だけがちょっと盛り上がっているような感じでぼくは裏切られた。ある種の失望を感じた。だってロッキー山脈と違うし、中国の黄山とも違うし、そのような山とも言えないものをもって天の香具山。だって Mount Kagu と言うと、Mount Fuji とか Mount Everest とか Mount Kilimanjaro と同列になるんですね。それで、非常に失望した気持ちでアメリカに戻ったのを今でもよく覚えている。

アメリカに戻ってからはプリンストン大学の東洋図書館に閉じこもり、『万葉集』が日本語で少しずつ少しずつ読めるようになった。そして読めるようになった時点で実際に見た風景と言葉のずれみたいなものに気がついて、いつの間にかこのような自然をもってあのような雄大な歌を書いた七世紀、八世紀の日本の表現者たちに、逆にある種の畏敬のような気持ちを抱くようになった。むしろ実際の日本の風景よりずっと離れた場所で、七世紀、八世紀の日本人が書いた日本語を読んで、別の気持ちになりました。

そのうちにこの歌を自分で翻訳するようになって、天の香具山は Heavenly Kagu Hill というふうに表現した。矛盾しているようですが、逆に Hill にすぎないものに対して Heavenly と描く日本人のある種の感覚、ある種のソウゾウ――ソウゾウはこの場合、創るほう(創造)と考えるほう(想像)、つまりイマジネーションでもありクリエーションでもあるものを表したかった。Heavenly Kagu Hill と書きながら、だんだん彼らの世界が自分の世界になって、だんだんそこにある一体感ができてきた。まだ日本語を書けない時代だったから、せめて母語である英語で一度、日本語で書かれた『万葉集』を書き直してみるという、創作のような翻訳の作業にぼくは入りました。

そうすると、いろんな風景描写が目に留まるんですね。どんどんそこに入り込んでゆくほど、すごく美しいものに気づく。たとえば「吉野宮に幸《いでま》したまひし時に、柿本朝臣人麿の作りし歌」。その歌の中で「百磯城《ももしき》の　大宮人は」、

船並《ふねな》めて　旦川《あさかは》渡り　舟競《ふなきほ》ひ　夕河渡る　此の川の　絶ゆる事なく　此の山の　いや高しらす

line their boats / to cross the morning river, / race their boats / across the evening river. / Like this river never ending, / like these mountains / commanding ever greater heights

すごく英語になるんですね。英語になるということは、もちろん中国文学の対句の影響があるからです。ある意味で自然に対して対句的な、合理的ではないのですが、一つのパターンがうかがえて、それはしかし漢文ではなく、非常に滑らかな日本語で書かれている。それがそのまま英語にもなるということが、自分で試してみて分かってきた。そして、だんだんだんだん風景の中に入るわけですね。風景そのものというよりも、風景によって触発された日本語の世界にぼくは少しずつ入り込んで行った。

日本文学の一つの力、日本語の表現の一つの力が、論じる文脈というよりも、鮮明で厳密なイ

メージから成り立っているということは、百年前の西洋においてエズラ・パウンドという詩人が発句、俳句というものに気づいて、イマジズムと言って、英語で hokku を実験的に書いた、あの時点から言われていることであり、何もぼくがそれを初めて言う人ではありません。

ただし、こういうことがあります。『英語でよむ万葉集』を出したときに、新聞に、あの『万葉集』は果たして英語で読むことができるのか、あの『万葉集』は果たして英訳することができるのかとおどろく書評があったんですね。その人が「英訳できるわけないでしょう」と思ったのは、たとえば、あの五七五調を英語で復元することはあり得ないからでしょう。あの音の律動、音声的な美しさをそのまま英語に伝えることは不可能です。音階そのものが違うのだから、あり得ない。じゃあ、どうして『万葉集』なんかを英訳することができるのか。

唯一の答えはこうです。万葉時代の日本語の表現者たちは自然界からイメージをとって、しかもほとんど科学的な厳密さをもって、それを自分の心の動きの比喩にしました。たしかに音のレベルでの翻訳は不可能です。しかし、イメージがあまりにも鮮明で、しかも厳密ですね。細かく緊密で、場合によっては自然だけではなくて、自然の中で営まれている人間の文化からとったイメージもあります。そういうものをもって一種のイメージの音楽みたいなものを彼らはつくった。それはたぶん多くの日本人がちょっとびっくりするほどでしょうか、そのままを一人の書き手が頑張れば、素直にそのイメージを読めば、別の言語の中で復元することができると分かった。

イメージ、イメージと言っていますが、たとえばとても有名なイメージを一つ読んでみますと、これは日本人なら誰でも知っている作品ですが、もう一つのことを考えさせられます。

田児の浦ゆ　うち出《い》でて見れば　真白にそ　不尽《ふじ》の高嶺に　雪は降りける

この歌はもちろん百人一首の中にもあるのですが、こちらのほうが万葉版でオリジナル版ですね。田子の浦から出てみると真白にそ富士の高嶺に雪は降りける。うち出でて見る——書いている人は動いているわけですね。書いている人は動いていて、見えなかったところから見えるところに出てみると、真白にそ富士山が現われてくるわけです。この「真白にそ」をぼくは昔英訳しようとしたことがある。田子の浦から出てくる、Coming out from Tago's cove——これは何でもないですね。中学生でも分かるような英語だと思います。見るというのはまさに普遍的な行為だからです。しかし、真白にそ雪は降っていました——この発想は英語にないんですね。この「ぞ」、何々に「ぞ」何々していましたというのは英語にないんですね。

それでどうしようかと思った。たとえばWhiteがすぐ思い浮かびますね。しかし「真」という発想はそこにないです。真夏とか真っ青とかいう発想がないし、そのうえに「ぞ」という発想がない。だからといってVery very whiteとすると、何か洗剤のコマーシャルみたいな感じで(笑)、全然つまらないですね。それでぼくは、今では笑いながら言うけれども、泣くぐらいこのことを悩んでいた。そのときぼくが思ったのは、一つは、少しでも日本の古代に理解のある人なら分かることですが、山というのはある種の神のように畏敬の対象になるということ。とくに富士山はそうでしょう。それともう一つは、日本の神道の中のあの純白、社《やしろ》のイメージもそこにあるのですが、非常に大事にされている、汚れていない白ということ。それで、white, pure white と訳しました。日本語に戻すと「白く、純粋に白く」。白、純白、the snow has fallen on Fuji's lofty peak. これはまれにすごく成功した訳です。成功したのであるとすれば。信仰と同時に動いている視点があって、そこへ書いた人のおどろきも入るわけですね。

さて、このおどろきというのは何なのか。これは単なるイメージでしょうか。動いている視点の中でとらえられているイメージは、単なるイメージではなくて、むしろ映像に近い。あるダイナミックな手法――動いている力と言ってもいいのですが――それが八世紀の日本語の中にすでになされていました。映像的な動き方が日本語の一つの手法としてありました。

ぼくもおそらく数多くの日本の住民と同じようにテレビの映像で三月十一日の状況を見ました。十年前に全世界が九月十一日のアメリカの状況を映像で見たように。近いけれども現場にいなかった。映像でその悲惨さを知る。ちょっと見ていられないぐらい凄絶な映像もあった。片方では、日本語の表現の中には映像的に動く視点によって世界を描くという手法があった。実は十年前に9・11について『千々にくだけて』という日本語の小説を書いて、ある文学賞をいただいたこともあるのですが、そのタイトルはこんな場面からつけました。つまり主人公がテレビを見ていて、おのずと松尾芭蕉の松島の句、「島々や千々にくだけて夏の海」という非常に不思議な、暴力性と言うべきか、自然の力みたいなもの、化け物的な力を書いた珍しい句を思い浮かべる。主人公はそれをもって現代の一つの悲惨な状況と対峙するのです。

そのときに思ったのですが、二十一世紀のテレビ・ニュースが映す現代の世界の出来事に対して、どうもそれを表せるようなパワーが日本語の中——日本語の内容というよりも、日本語の創造の仕方といってもいいでしょうか——に感じられる。とてもダイナミックな手法がもうすでに八世紀の日本語の中にあったということを今日別の文脈の中で再確認したいという気持ちがあります。

アメリカで『万葉集』を英訳してみて、二つか三つ日本に対するおどろくような感情、理解の仕方が生じました。一つは恋の歌についてなのですが、『万葉集』の「恋」を読んでいると、どうも下手にloveとして翻訳することができない。なぜなら、ぜんぶ読み切れたわけではないから断言できませんが、圧倒的に多くの場合、私があなたと結ばれて幸せになったとか、その後の関係性を表現するものではなく、むしろあなたに会いたいんだけれども会えない、あなたと一回会った、また会いたいんだけれども会ってくれない、ということを表しているからです。あるいはよく出てくるパターンで、人のうわさが怖いからあなたの家に行けない。そうするとその「恋」は何なのか。これはloveではなくて、英語で言うところのlongingである。あるいはyearningという言葉、あこがれに近いですね。でも、あこがれよりちょっと悲しいこと。

それで重要なことに気がついたのです。相手がいないから恋《こ》う。相手がそばにいなくて、そばにいてほしい。しかし、いないからこそ恋をするのだと。これは下手な読み方をすると、あまり結ばれていないんじゃないかと勘違いされるぐらい。みんな片思いで終わったと思われてしまう。もちろんそういうことではなくて、日本語の書き手たちは結ばれたということに表現のおもしろみをあまり感じなかったらしい。むしろ会いたいんだけれども会えない、それによって恋うという、そちらのほうがどうも古代の多くの日本人の表現者にとってはおもしろかった。これは近代であるとか西洋であるとかの長い歴史とは、本当に根源的な感情の表現においてずいぶん異質なものです。それに気づいたとき、もう一つ、人間の感情の表現そのものはどうなっているかと考えさせられました。

ぼく自身が『万葉集』を読んで一番おどろいた、一番畏敬を感じたのは、短歌というよりも長歌でした。とくに柿本人麿の長歌。長歌というのは長い。長いから長歌なのですが。このような『万葉集』に関するイベントには何回か出席させていただいたことがあるのですが、短歌の話がすごく多いですね。長歌の話はあまり出ない。長歌は非常に読みとりにくくなっているわけですから、それがあまり取り扱われることがないのが、ぼくはちょっと残念だ、もったいないと思うときもある。少なくとも初期の万葉においては、短歌よりも——短歌はもちろん千年、日本語表現の主流になるわけですが——長歌のほうにどこか現代の日本語の作文にも共通するようなところがありまして、日本語を大きなスケールで書くということは、日本語が初めて書き言葉になった時代にすでにあった。

ぼく自身がニュージャージー州の図書館に閉じこもって、たとえば柿本人麿の長歌を読んで一番不思議だったのは、人麿が天皇を書く、天皇をほめる、あるいは天皇家をほめること。これは賛歌と言いまして、ほめ歌で、歌人の公の仕事の一つだった。さっきぼくが少しだけ読み上げた吉野の歌もそうですよね。天皇か天皇家のどなたかがどこかへいらっしゃるときに、歌人がそれについて、ほめ歌を書く。逆に天皇家のどなたかが亡くなるときに挽歌を書く。宮廷歌人として公の仕事として書く。

これは私の恩師の中西進から聞いた話なのですが、どうも柿本人麿は実際にお葬式に出て、挽歌を朗読したらしい。長歌の朗読は一つの儀礼としてあったと言われているぐらいで、それをぼくは想像しながら柿本人麿の世界に入る。長いものだと七、五、七、五、七、五の句が百以上あるわけで、おまけにどこに迫力があるかというと、ほとんどの場合それが一つの文章だということですね。一つの文章がずっと激流みたいに続き、これを英語に訳すときは、どこかでピリオドを打たないとだめなんです。日本語の場合はそうじゃなくて、「れば」とか「れど」とやればまた続いていくわけです。それで当時の日本文学を考えていてどういう気持ちになったかというと、何もない野原に急に高層ビルができ上がるように柿本人麿の長歌がぼくの目の前に現われた。しかもこれを英訳しなければいけない。なるべくシンタックスを切らないで一つの文章として。しかし英語になると、どうしても一つの文章が二つか三つぐらいの文章になる。

その人麿の傑作の一つを、今日ぜんぶは読み上げません。しかし、その高層ビルが現われたという感覚だけは、皆さんと一緒に共有したいと思います。これは一六七番といって草壁皇子が急に亡くなったときの長歌です。

天地《あめつち》の　初の時　ひさかたの　天の河原に　八百万《やほよろづ》　千万神《ちよろづ》の　神集《かむつど》ひ　集ひ座《いま》して　神分《あが》ち　分ちし時に　天照らす　日女《ひるめ》の尊《みこと》　天をば　知らしめすと　葦原《あしはら》の　瑞穂《みづほ》の国を　天地の　寄り合ひの極《きはみ》　知らしめす　神の命と　天雲の　八重かき別けて　神下《くだ》し　座せまつり

し　高照らす　日の皇子は

これはただ難しい日本語が読めたということだけではありません。ちょっと英訳を読み上げていいですかね。お聞き苦しいでしょうか。In the beginning / of heaven and earth, / on the riverbanks / of the far firmament. 「八百万　千万神」は the eight million deities, the ten million deities. 八百万の神々、一千万の神々――こんなふうに訳していいのかな。これしかなかった。「神集ひ」は gathered in godly assembly ですね。神に対する言葉がたくさんあって、気をつけないと神に対する英語のストックが切れてしまうんですよね。本当にそう。それは日本語がいけないということではなくて、むしろ英語が足りないということ。一神教だから足りないという気持ちになって、技術的に苦労しながら訳したつづきは――and judged that the Sun Goddess, Amaterasu, / would rule the heavens / and, that he should rule / this land below / where ears of rice flourish / on the reed plains, / until heaven and earth / draw together again, / pushed apart the eight-fold / clouds of heaven / and sent down to us / the high-shining Prince. 「神下し　座せまつりし」であるわけですね。ここまでがいわゆる神話の世界。柿本人麿は神話のパノラマから始めるわけです。

ぼくがおもしろいと思ったのは、同じ文章の中で神話の世界が、「高照らす　日の皇子は」the high-shining Prince となるところで、これは現実の天皇、歴史的な天皇、飛鳥時代の天皇を言っているわけですね。つまり隙もなく神話の世界から歴史の世界へと、一つの文法によって、一つのシンタックスによって、一つの日本語として圧倒的な力でつなげているわけです。

おまけに、このように物々しく神々の歴史や天皇の歴史を語った後に、急にその皇子が亡くなって、最後はどうなるかというと、「そこゆゑに　皇子の宮人　行方知らずも」。and the Prince's courtiers / do not, know which way to turn. 要するに一見古代ギリシャの叙事詩と同じぐらい雄大な語りをまずつくるんですが、古代ギリシャの叙事詩、『オデュッセイア』などとは違って、最後にとてもシンプルな「行方知らずも」で閉じる。悲しいからどうしたらいいのか分からない、行方が分からなくなって心の迷いが生じたと、そのような静かな言葉で終わる。人麿の挽歌を読むと、いつもこのようなパターンですね。すごく大きなスケールの叙事詩の世界に入り込んだと思ったら、必ずその出来事に対する人間の感情で終わるわけです。いわゆる抒情で終わる。エピックで始まってリリックで終わる。

最終的に『万葉集』は何かというと、世界の古代文学における最大級の抒情詩集です。つまりエピックではなくてリリック。感情をあらわす、イメージをもってあらわす、長いシンタックスをもってあらわす。世界の古代文学の中で似たようなスケールと深みとバリエーションのものはおそらく見つからないでしょうと、客観的に『万葉集』を見て、そのようにぼくは評価していきます。

柿本人麿の世界に入って、ニュージャージー州で一人のアメリカの青年が天皇をほめる英語を書いていた。挽歌を英語で書いて、本当に「変な外人」でした(笑)。しかし、そうすることによって本当に日本文化の一つの出発においての感覚、感性、知性を、自分の体を通すような感じでもう一回自分の言葉で書き直す。翻訳は創作ですから、その翻訳＝創作をすることによって、おそらく近代以降の日本に生きるだけでは分からないような日本文化に対する理解が多少ぼくにもできたかと思います。

人麿はこのような挽歌で公の天皇家を書いた。しかし人麿は同時に、あるいはもしかしたらその後、少しずつ天皇家のプライベートな心情も書くようになる。いくつかの挽歌の中で書くことになる。そしてそれだけではない。自分の妻が亡くなったときに、あの有名な「灰にて座《いま》せば」を書くようになる。一人の文学者のキャリアとして見ると、おそらくそんな長い時間ではないでしょうね。長くてたぶん二十年あったかなかったかぐらいのキャリアの中で、それぐらいのことをしました。初めて本格的に日本語の大きな表現をつくった。公の仕事として天皇家に仕えながら、そのような表現をつくった。天皇家のプライベートな心情も詠むようになる。そして同じようなスケールで自分の私小説のような歌を書くようになる。ぼくの博士論文のテーマはこれでした。ぼくが書いた唯一の研究書は〝Hitomaro and Birth of Japanese Lyricism〟、『人麿と日本の抒情の誕生』というものなんですが、それほど圧倒されてしまう。

圧倒されるという話だけではなくて、細かいところで人麿はどれぐらいの文学を書いたかということを、一つ長い作品の中から短い例をとって見てみましょう。これは明日香皇女《あすかのひめみこ》が亡くなったときのその夫君の心情を詠んだものです。一九六番ですね。一九六番の中に次のような表現があります。「片恋づま」という表現です。これは非常におもしろい。さっき触れた「恋」ということで、日本語にはもちろん「片思い」という語がありますが、この「片恋づま」は「死に別れた人」のことを言うわけですね。死別したときも恋なんです。つまり相手はいてほしいんだけれども、相手がいないという状況の中で書く。いわゆる相聞は恋愛の歌でしょう。挽歌は死の歌でしょう。しかし、その言葉がすごく共通しているわけです。恋うということが、ただ失恋したということだけではなくて、本質的にいてほしい相手がいなくなった、死別によっていなくなったときにも使われる。「片恋づま　朝鳥の　通はす君が」と続いた後、次に三つの比喩が来ます。

夏草の　思ひ萎《しな》えて　夕星《ゆふつつ》の　か行きかく行き　大船の　たゆたふ見れば　慰《なぐさ》もる　心もあらず

私たちもそのような皇子をそばから見ていると、同じように自分たちも心をなぐさめることはできないという抒情的な表現で終わっているわけですが、これは比喩の連続ですね。一つひとつ自然界から何かをとって人間の心の動きをあらわすわけです。

これもぼくがつくった現代日本語訳ですが、「夏草のように思いしおれて、夕空の星のようにあちらへ行ったりこちらへ行ったり、大きな船のように落ちつかなく揺れておられるのを見て、自分たちもなぐさめることはできない」。『万葉集』の原文ではそれを「の」「の」「の」だけで結んでいるわけですね。「のごとくに」「のごとくに」「のごとくに」とは言っていない。そうすることでとても滑らかなテキストになっている。人麿について論文を書いてみて、あるいは人麿を英訳してみて思ったのですが、千三百年前の一人の日本人の感情をこのような技法のおかげで今でも読むことができる。

また、読むことができるだけではなく、頑張れば、wilting / like the summer grass, / stag-gering / like an evening star, / reeling / like a great ship と訳すことができる。イメージだから翻訳しやすい。難しくない。伝わる。ぼくにとってこのようなことは、自分で携わったので分かりますが、ある種の表現の歴史の軌跡みたいなことだと思っています。つまり、千三百年前の心情が表現となって、今でも読むことができる。おどろくべきことでしょう。

とても有名な例で言うと、ぼくが大学の授業でもよく使うこの歌。

あをによし　奈良の京《みやこ》は　咲く花の　にほふがごとく　今盛りなり

奈良の都を書いたものですね。短歌は基本的に一つの短い文章です。つまり、「奈良の都は今栄えているんですよ」とあれば、「The capital at Nara... flourishes now というふうに翻訳することができる。そうすると、千三百年前の奈良の都の、一人の宮廷歌人の感情を英語でも読むことはできる。

「見て、私たちの都市が今栄えているのだ」。ところが、「咲く花の　にほふがごとく」という表現によって自然界の比喩をもって文明を言っているわけですね。この歌を読むといろいろ考えるのですが、歴史学者に聞くところでは、奈良の都はおそらく当時の世界でナンバーツーの都市だった。つまり世界一の都市が中国の長安で、第二が奈良だった。ヨーロッパが暗黒だった時代に、こちらのほうにそのような文明があった。正倉院にはペルシャのものも残っている。世界のモノだけでなく、アジア大陸から日本に渡って活躍していた人たちもいた。そのうえで「咲く花の　にほふがごとく」の意識は何だろうかと考えてみると、どうもどこかで世界を意識しながら「私たちの都は今栄えているのだ」といっているように解釈できなくもない。

そんなことを申し上げると、何か分かったという気持ちになるのですが、この歌に出てくる「あをによし」は、十冊解説書を読むと十通りの解釈があり、解釈がすごく分かれている。そうすると「分かる」というのは現代人の傲慢さというか、千三百年前の表現を私は読めますよと言ったときに、まるでそれを狂わせるために古代の日本人が、読めないもの、不可解なものを一つ入れたように思えてくる。たしかに『万葉集』は現代文学として読むべきかもしれない。それは現在のものである。新鮮である。新しい。しかし、違う。このような枕詞がそこにある。

このようなことをここで申し上げていいかどうか分からないのですが、今の天皇、皇后陛下にお目にかかったことがあります。最初にお目にかかったときに『万葉集』を英訳している人として紹介されて、美智子様が「枕詞をどうしましたか」とぼくに聞いて、ぼくは初めてそのような方々に言葉を承って、敬語は大丈夫かどうかばかり考えていたので、「はっ、さようでございます」「はっ、ベストを尽くしました」としか言えなかったのですが(笑)、後で考えると、皇后陛下も、私たち日本人ですら分からないあの枕詞をどうして英訳することができるのかというたぶん『万葉集』の一番本質的な部分を考えられて、そのように発言された。ぼくは一生忘れないご発言なのですが。

だから人麿に触れて、人麿の日本語を自分で英訳してみたことは、ぼくにとって一つの成果であり、たぶんそのような経験がなかったら、日本語のスケールと深みに気づかなかったかもしれません。ですからぼく自身が日本語を書きだしたとき、別に万葉調に書いたり、ますらおぶりで書いたりしていたわけではなくて、普通の純文学の文体で書いていたわけですが、どこか日本語の可能性みたいなものが見えてきていました。

外国人として生まれた人に日本語の可能性が見えてくる。ぼくが若いとき、たとえそれが見えていても、それをもって外国人が自分で日本語を表現するということはあり得ないことだと思われていました。外国人として生まれた人は日本人が書いたものを翻訳すればいい、世界に伝えればいい、自分で書くということはあり得ないと。そして日本語を読むことすら疑われる時代が長い間続いてきた。そのようなことを考えて、いつか自分でも日本語を書いてみたいと思った。断片的に日本語を書き始めた頃に、『万葉集』における次の時代の一人の大歌人の存在に気がついた。その大歌人は、言うまでもなく山上憶良ですね。

山上憶良については中西進先生が七三年に『山上憶良』という大著を書いていて、これは一つの学説なのですが、憶良はおそらく朝鮮の百済の都である扶余で生まれたのではないかという有力な学説を提唱した。中西先生によると、憶良はたぶんまだ子どもの頃に父といっしょに日本に渡ってきた。百済が日本と同盟国だったでしょう。百済は古代朝鮮三国の中で最も文明の発達した国だと言われています。美術はとくに有名ですよね。たとえば當麻寺《たいまでら》の有名な彫刻にもその影響が及んでいるくらいで、日本は一番質の高いところと同盟を結んだわけですが、一方で百済は一番弱い国でした。新羅と中国によってつぶされてしまい、そのときに、どうも多くの貴族が日本に渡ってきて、その中に山上憶良という人がいたのではないか——というまさに現代に響くような学説ですね。

そもそも『万葉集』は何かというと、古代の朝廷にとっては、漢文ではなく、大和言葉、つまり日本独自の言葉で書かれた日本語の表現の最大のコレクションとして編纂するという意志がはっきりとあった。その中におそらくは日本人として生まれたのではなく、小さいときに日本に渡ってきて「山上憶良」となって遣唐使にもなった人が、人麿の次か次の次ぐらいに位置づけられているということは、現代の日本語におけるバイリンガルや人的国際化という先端の課題と響きあい、ぼくにとってとても大きなインスピレーションとなった。

憶良を読み続けていると、たとえばこんな歌に出会った。これも大変有名なものなので、何も私が申し上げなくても皆さんはご存じだと思うんですが、「言霊《ことだま》」が明記される『万葉集』の表現です。これは「好去好来歌」と言いまして「よく去りよく来る歌」で、遣唐使を日本から送り、その無事な帰朝を願うという文脈の中で歌われたもの。

神代《かみよ》より　言ひ伝《つ》て来《く》らく　そらみつ　倭国《やまとのくに》は　皇神《すめがみ》の　厳《いつく》しき国　言霊の　幸はふ国

はっきりとアジア大陸を視野に入れた文脈の中で、日本は言霊の幸はふ国である、日本は言葉の霊力が活発な国である、というふうに主張しているわけですね。もしこれを主張した人が元朝鮮からの移民で、日本から中国へ行く遣唐使をその文脈の中で書いたとすれば、『万葉集』を世界文学の中でとらえ直すぐらいの意味があるのではないかと思う。『万葉集』の国際性とは、このようなことです。ぼくはいつも学生に、本当の国際化は英会話じゃなくて『万葉集』だと言っている。そうでしょう。ぼくがそう言うとき、憶良の存在が非常に大きい。

最近になって、国籍であるとか、どこの出身であったとかいうこと以上に、憶良について考えることがあります。『万葉集』の巻五がありますよね。第五巻。そこには漢文漢詩がたくさん入っています。その中に憶良が漢文で書いた作品もたくさんある。そうすると、当時の大宰府には大伴旅人もいて漢文に通じた人たちのサークルがあったのですが、とにかく、すぐれて漢文を書いていた人が大陸的な文脈を漢文ではなくて大和言葉、日本語の長歌として書いたということは何なのか。そのことを大江健三郎さんとの対談の中で聞いたときに、バイリンガル・エキサイトメントというなかなか翻訳できない言葉が現われた。もう一つの言葉に触れることによって、自分の「言葉が幸はふ」という感覚は何も二十一世紀だけの感覚ではなくて、八世紀の日本、日本語が初めて書き言葉になった頃にすでにあったということ。そこには、もう一つの『万葉集』の現代性がうかがえる。

今年の三月十一日まではぼくは『万葉集』の話をするとき、大体このような話で終わっていました。日本語に最も特徴的なものとしてもう一つの国際性がうかがえる、そこに『万葉集』のもう一つの本物の現代性があるというところで終わっていました。

今回、このような時期、このような場所で、皆さんの前で話をすることになった。今申し上げたような結論は正しいと思います。しかし、この時期だからこそ、もう一つの観点で『万葉集』の中の作品を見たいと思います。それは次のようなことです。自然の力によって命を奪われた庶民に対する鎮魂、挽歌のようなものはあったのか。

いろいろ思い出してみると、さっきぼくが読んだ人麿の挽歌は、一つは天皇家への歌ですね。一つは自分の妻への歌。探してみると妻が亡くなったときの死別を歌うものが多い。けれどもぼくはいろいろ思い出そうとしているうち、人麿のもう一つの傑作だと思われている長歌に思い当たりました。英訳をしたこともぼくはありました。これは二二〇番で、作者自身が船に乗って瀬戸内海の旅をしている。嵐に遭って狭岑島《さみねのしま》というところに上陸をする。船に乗って瀬戸内海を渡ろうとしたときに――ぼくはよく覚えている、「海を恐《かしこ》み」という表現があった。海が怖いので早く漕いで渡りましょうということを書いているわけですね。海はただ優しい、穏やかな海だけではなく、時には海をかしこむ。恐怖を覚えるわけです。ちょっと重要なことで、これはぼくの中でもはっきりしないんだけれども、こういう機会で申し上げてみたい。

これはよく言われていることですが、人間と自然が穏やかに調和しているという自然観があり、それに対して近代の西洋人は自然を征服し、自然を人間の文明のために利用するという。このような対立の中で、たぶん日本についての、一つの文化観があった。しかし、『万葉集』をよく読んでいると、実は近代の対立とは違った、どちらでもない自然観がうかがえる。自然は穏やかなものとは限らない。自然の怖さもある。たとえば富士山を書いた歌の中に常に炎があって、その炎をもって雪を溶かすとか、そのような怖さもある。しかし、怖いからといっていつも敵対しているとか、利用するとか、人間中心になるというわけではない。これはちょっとうまくぼくは言えないのですが、「海を恐み」という言葉は西洋人の見方でもないですね。旧約聖書の見方でもない。これはまぎれもなく日本的な、日本独自の「自然も怖いものですよ」という一つの表現です。

人麿は海をかしこみ、狭岑島というところに上陸をする。そこで庵《いおり》を建てる。建ててちょっと歩くと、同じ嵐かその前の嵐に流された屍《しかばね》、亡くなった人を見る。そしてそれについて挽歌を書く。天皇家への挽歌でもなく、自分のプライベートな妻への挽歌でもなく、名もなき旅人に対して人麿が一つの歌を歌う。

よく調べてみると、たとえば聖徳太子が龍田山《たつたやま》で屍を見て歌ったものがある。また、同じ人麻呂がたしかに香具山のふもとで「誰《た》が夫《つま》か　国忘れたる」という表現を使って、名もない旅人、庶民の屍の前にいるわけですね。それを歌う。

人麿には二二〇番の長歌に付随する反歌もあります。今日こちらへ来る前に読み返したのですが、これも大変有名な日本語です。

沖つ波　来よる荒礒《ありそ》を　敷栲《しきたへ》の　枕と枕《ま》きて　寝《な》せる君かも

敷栲は布の種類で、薄い、裕福な家庭にあるようなもの。そのことと荒礒——荒床《あらとこ》とも言うのですが、それを対比させることによって西洋文学のアイロニーとは違った逆説的なパワーというものが感じられます。最後の「寝せる君かも」になると、英語ではyou, who sleep there と訳したのですが、you, who sleep there と名もなき旅人、海にやられてそこに寝せる君かもという言葉を久しぶりに読んだ。名もない庶民をあたかも神のように書いているわけですね。

さっきぼくは人麿のキャリアをたどりましたが、もしかしたら「妹《いも》が　灰にて座せば」を書いた以上に、自分と何の関係性もない人に珍しくこのような挽歌を書いたということに、『万葉集』のもう一つの、今読むとおどろく、表現の深みがあるのかなという気がします。

非常に複雑な時期に、日本文学のとても多様で膨大なものに対して一人の文学者が主観的にいろんなテーマを拾って、ほとんど気持ちを申し上げただけの話なのですが、私の話を聞いていただいて本当にどうもありがとうございました。

よみうりホール、二〇一一年五月十九日
公益財団法人ＪＲ東海生涯学習財団主催

中国大陸、日本語として

近年、講演を頼まれて、人の前で日本文学を語ることが多い。ある講演の場で、たとえば『万葉集』であるとか松尾芭蕉のような日本の古典文学の話をする。あるときはそういう話を聞きに来てくれる、どちらかといえば保守的な日本文学観の持ち主のような方々の前で話をする。途中で、中上健次について柄谷行人が言ったことだとか、在日文学とか、多和田葉子の「エクソフォニー」のように現代のかなりラディカルな話をしても、そのような観客はちゃんとおもしろく聞いてくれる。

ところが最後の三分の一になって、「実は近年、ぼくは日本から中国大陸へ渡り、中国大陸から帰ってくると、それを日本語で書く」と言ったとたん、後ろのほうから、何人かが退場する（笑）。そうしたことから、日本文学という文脈の中で、現代文学の対象としての中国という話に対して、日本文学に関心のある一部の人たちは、ある種のアレルギーを持っているということが分かった。ぼくもたぶん、そのうちに自粛してしまい、最後の三分の一を、四分の一、五分の一にしがちになった。そういうサービスを本当はしてはいけないのですが、無意識にするようになる。

今日は、何年も日本で作家として暮らしていて、百パーセント中国の話をしてもいいという機会が、もしかしたら初めて与えられたということで、とてもうれしく思っています。と同時に、先生方のお顔を拝見すると、ぼくが中国についてどんな話をしても、専門的にぼくより知っている人が必ずいらっしゃるということで、ある種の別の恐怖も覚えています。

大体、話をし始めるときに、ぼくは一流志向ですから（笑）、自分より偉い人たちの話から始めることが多い。英語の文芸誌に「パリ・レヴュー」というのがありまして、商業的でエスタブリッシュメント的な文芸雑誌の「ニューヨーカー」と違って、新人作家も出すし、新しい企画もある雑誌なんですが、その中に、世界文学の作家のインタビューシリーズがあります。たとえば、ノーマン・メイラーの最後のインタビュー。現在はおそらく英米文学で最高の作家である、インド出身のサルマン・ラシュディであるとか。その三番目としてぼくが読んだのは、実は大江健三郎さんのインタビューでした。英米の雑誌で、たぶん、日本の文芸ジャーナリズムでは語らないようなことも語る。その中で大江さんは、五十年前に北京に渡った話をしています。

大江さんは周恩来に会って、感銘も受けて、非常に話が弾んだらしい。ところがある日、中南《チョンナン》海《ハイ》に連れていかれて、とうとう毛沢東に会いにいく。中南海の中の、毛沢東の家の外でかなり待たされて、やっと入って毛沢東に会った。大江健三郎と毛沢東が出会った。まさに二十世紀における「日本文学と中国大陸」の至上の接触をぼくらは想像します。どんな印象を受けたのか、どんな話をしたのだろうか。ところが毛沢東は、自分の全集をひっぱり出して、自分の文章をそのまま朗読し始める。自分の著作集の中で、「私はこのように書いた」というふうに。大江さんはそれを振り返って、It was so boring——「本当に窮屈だった」というようなことを言っていました（笑）。

毛沢東どころか、たかが一人の純文学作家が自分の作品をそのまま引用して朗読すると、百倍もつまらないことになるから（笑）、朗読はしません。ぼくは文学者だから、作家だから、作品を書いたわけだから――書いたということがあなた方の前で、ぼくが話をする唯一の資格なんですが――作品そのものよりも作品を巡る話、作品を書くことによって、作品への回路によって、いろいろ考えさせられたことを今日述べさせていただきたいと思っています。

ぼくの世代の人たちは、アメリカ人だけじゃなく多くの日本人も含めてそうだと思うんですが、中国へ行く前に誰しも先入観というものを持っています。持っていない人はたぶんいないと思います。ぼくの先入観というのは文化革命時代とその後の先入観でした。エキゾチシズム、オリエンタリズムというよりも、みんなが毛主席の語録を読んで、人民服を着ていて、いまだにイデオロギー的な葛藤が続いてるというふうに思っていた。そうして一九九三年には、あるきっかけで初めて中国へ渡るようになった。

中国へ行っても、普通の人と話をすることはできないだろうと思っていた。若い頃、ソ連を旅行したことはあったんですが、中国には行ってもしょうがないと。万里の長城を見てもしょうがない。文学者として、とにかく普通の人たちの声を聞いて、それに対して反応するのが私のテキストのすべてだから、行ってもいいし行かなくてもいいという気持ちでした。

実はドイツへ行って多和田葉子さんと対談するという話があったんです。ところが、彼女の都合がつかなくて、じゃあ代わりにどこへ行こうかということで、講談社の雑誌から「ちょっと中国に行ってみないか」と言われた。とても軽い気持ちで行きました。行っても、文学者にとっておもしろいことはないだろうという気持ちで行きました。しかし行ってみれば、おどろくぐらいの衝撃がたくさんあって、軽い気持ちで行きだした北京によって、文学者としての二十年間の方向ががらっと変わりました。

中国を書くということは、これは最初の訪中のときにすぐ分かったんですが、書くということ自体が、どうしても情報にはなるんですね。見れば見るほど、聞けば聞くほど、それを素直に書けば、ある種の情報になる。日本にも、たぶん欧米にも情報が不足していた。一般の日本人、一般のアメリカ人、一般のヨーロッパ人にとって情報が不足していたから、素直に書けばそのまま情報になる。そうするとノンフィクションになる。小説を書くということが、おのずとノンフィクション的な様相を呈してしまう。

実際に、ぼくが北京に行って戻ってきて最初に書いたのはノンフィクションで、「天安門にて」というものでした。行った最初の夜と最初の日のことを細かく、とにかく見たまま聞いたまま書いた。それを、日野啓三さん、もとは読売新聞の記者で、その後日本の代表的な、とくにアジアを書く代表的な純文学作家になった人が、褒めてくれた。ぼくはすごくびっくりしました。講談社の編集者たちと話して、「もう一度、ノンフィクションで書いたものを、小説として書いてみないか」というふうに言われて、「天安門にて」が『天安門』という小説になった。

『天安門』を今日のために、読み返してみたんですが、一番最初に、語り手が北京行きの飛行機に乗っている場面がある。狭いエコノミークラスの中で、いろんな声が聞こえてくる。スチュワーデスが寄ってきて、アメリカ人の飲み物の注文を取るときに、Bourbon という英語を中国語の四声が入ったような発音で「ブルベン」と言う。主人公はそれまで、世界は英語のBourbon、日本語のバーボンしかないと思っていたところ、もう一つの声がある、もう一つの四声の入った声があると気づく。ブルベンという声。そのブルベンはなんとなく「ルーベン」、つまり「日本」にも似た音だ――ということを書いた。音声のレベルで世界が広がった。音声のレベルで、マッカーサーが日本に上陸してから、四十年間Bourbonとバーボンしかなかった、「米」と「日」しかなかったところに、実はもう一つの呼び方が耳に入り、実はもう一つの音声があったということを、感覚的に気づかされた。

最近、この『天安門』という小説を英訳しようという試みが、アメリカでありました。ところがやってみると、日本と中国というよりも、日本における言葉の認識、文化の認識は、日本人でも中国人でもない欧米人に翻訳することができるのか、このような試みが、多少大げさに言うと「世界文学」になりうるのか、という問題が出てきました。

『天安門』は、振り返ると、とても不思議な小説です。台湾にいたアメリカ人のもとへ、家族分解が訪れる、大陸の女が家の中に現れることによって自分の家族が分解するという、日本の私小説にもなりうるし、ある種のアメリカ文学にもなりうるんですが、それをぼくは、意図的に日本語で書いた。そうすると、日本語で中国をどう受け止めるかというもう一つの次元、二つ異質なものが入って、気をつけないと、翻訳されたら爆発してしまう、ということに、今悩んでいます。これは一人の作家の個人的な悩みでもありますが、そこには、日中あるいは日本とアジアはそれ以外の世界にとって一つの表現、十分な表現になりうるかという問題がおのずと浮かび上がります。「世界の中の日本語」は、中国大陸に触れたとたんに、違った要素を見せるし、違った問題を孕みます。

『天安門』の主人公が北京に着いて、国際飯店に泊まって、長安街を、二十年以上前ですが、歩く。長安街はそのとき解体現場と工事現場ばかりで、たぶん河南省出身が多かったでしょう、二万人の労働者が行き来している。その中を通って、主人公が朝、天安門広場に出掛ける。歩きながら毛沢東記念堂に向かって「向陽《シャンヤン》」する。陽に向かっているわけですね。暑い八月の朝に、敷石の輪郭が見えなくなって、ある種のかげろう状態になっている。そして主人公がそこを歩き出すときに、『万葉集』における「かぎろひのたつみえて」という天皇を詠んだ歌を急に思い出す。いいですか。初めての中国で、毛沢東に向かって歩いて、『万葉集』における天皇を褒めた名歌の日本語を思い出すということ。それを書きあげたときにぼくは、編集者に「こんな変なものを入れていいのかな」と言いました。ストーリーから完璧に外れているし、これは駄目でしょうということを言ったら、編集者は、いや、おもしろいから入れてみようと言った。

「群像」の創作合評に取り上げられたときに、江藤淳がそれを取り上げて褒めてくれた。そのことにぼくはすごくびっくりしたし、感動もした。つまり、日本の天皇制と毛沢東の比較を最も拒絶するような立場にいるはずの保守系の最大の知識人が、これを肯定してくれたということ。後でいろいろ思ったんですが、たぶん、毛沢東に向かって歩いたとき、それは感覚的に初めての経験だった。誰でも初めての経験や体験をお持ちだと思うんですが、初めてというのは一回しかない。それを、どうつかまえればいいか分からない、どう把握すればいいか分からない、どう歩けばいいか分からない。そういうときに、東洋的専制君主制についての洞察ではなくて、一つのパニック状態として、日本の一番古い言葉が浮かんでしまった。それによって、単にアメリカ人が毛沢東に向かって歩くというのとは、ちょっと別の次元が生まれた。とても英訳しにくい次元が生まれたということを、最近、とくに翻訳の話があって考えさせられました。

今日は「大陸、日本語として」というテーマなんですが、実はぼくにとって、とても偉大な先駆者がいます。ぼくが二回目か三回目に中国大陸に渡ったのはNHKのドキュメンタリーで、安部公房の満州、旧満州、中国の東北部の瀋陽を訪ねるというものでした。昔、奉天と言われていた場所ですが、そこにある彼の実家を遺族の人たちと一緒に見つけに行くというドキュメンタリーに参加させてもらいました。それに基づいて「満州エクスプレス」という小説も書きました。

そのときぼくは、次のようなことを考えました。中華民族ではない者が、個人として、一人の人間として大陸の風景に密着して、百パーセント作家としてアンガージュしている――そのような人の文学として、安部公房の初期の作品が浮かんだ。彼には、デビュー作の『終りし道の標べに』と、『けものたちは故郷をめざす』という、二つの満州ものがありました。安部公房について考えさせられて、中国を含めて世界が違ったように見えて、それまで穴が開いてたようだった世界が充実して見えてきたということもあった。ちょうどその頃、中国でもよく仕事をされている隈研吾氏が、「日本経済新聞」でぼくの『我的中国』を取り上げて、面白いことを書いていました。彼は中国でいろいろ仕事をしているんですが、中国へ行くと、中国を考えるのではなくて、中国へ行くことで、世界がよく見える、というようなことを書いた。ぼくの理解では、日本人としてアメリカへ行ったり、フランスへ行ったりして世界を新たに見ることは明治以降十分にあった。しかし、そうではなく中国大陸から世界を考え直す。それはけっして中国研究者としてではない。あくまでも日本の文学者の一人として、中国を含めるか含めないかということによって、Bourbonとバーボンしかなかったそれまでの世界が変わったし、それを受けて当時、九六年前後、『天安門』が芥川賞の候補になった前後において、中国をリアルタイムに再発見したような、いろいろな人の発言があった。なぜか九〇年代には、中国をそのように見るということが、日本の一部の文化人や知識人の中にあったと思います。

安部公房について、これだけを引用しましょう。『終りし道の標べに』は哲学ノートみたいな作品で、めざましい語りの力にもかかわらず小説としてほとんど読めないものなんですが、その中に、ぼくが今まで読んだ、二十世紀の日本人が中国を描写した日本語の最も鮮烈なものがある。

粘土と、高粱と、それに僅かの松材と花崗岩とで組み立てられ、黒煉瓦とすすけた油紙と原色の消えかかった顔料とで包まれ、曠野の中に風雨に曝されながら、まるで生物のようにうずくまっているこの辺境の村落。

この描写は細かくて客観的で、日本の風土から見てどれだけ異質かということもよく伝わるんですが、安部さんはさらに、この村にとって自分がよそ者であるということを書き、その村の一人の中国人を描くところで、次のようなことを言います。それは若い中国のナショナリストで、満州国、大日本帝国崩壊の直後で人民共和国が設立される前の四年間の無国籍化した風土の中なんですが、「私が苦労して捨て去ろうとしたものを、この若者は、奪われまいとしてやっきになっている」ということを、満州国出身の日本人青年が、中国の青年ナショナリズムについて言う。つまり、無国籍化した風土の中で、何十万という日本の引き揚げ者が一生懸命大連に逃げ込もうとしているときに、満州体験をした安部公房が、一人の日本人青年が、真逆に北上するわけですね。どこかの領土でもない所に。それはまさに安部公房という大作家の出発点だと思うし、そのような風土、あるいはそこで安部さんが若いときに見たものは、たぶん『砂の女』につながる。風土だけじゃなくて人間関係のレベルでも、どうもそれがベースになっているというふうに思います。

なぜ、わざわざそのようなことにここまでこだわるかと言うと、次のようなことがあります。日本文学が世界文学になったときに、安部公房は初めて国際的な作家になった。つまり、谷崎とか三島とか川端みたいに日本人にしか通用しない伝統的な美意識ではなくて、現代的、国際的な作家というふうになっていた。あれだけ大々的にいろんな翻訳がされて、ノーベル賞の可能性もあり、そのように世界に出た安部公房なんですが、ぼくがそのとき思ったのは単に、西洋人にも読まれる、西洋人にも通じるという意味合いが大きかった。安部公房の主人公たちは、欧米人から見れば自分たちと同じように、アイデンティファイして読むことができる。国際的作家というのは、そのような意味でした。しかし、安部さんはそれだけじゃないと思えてきた。つまり、スウェーデン人に読まれる、アメリカ人に読まれる、すっと英訳できるというだけじゃなくて、もっとゴツゴツとした、彼自身もたぶん解明できなかった、日本と中国大陸の体験、歴史があって、その中で安部公房という作家が生まれたというふうに思うようになった。

ぼくのこのような言説はちょっと行き過ぎだという人もいるし、「作家はすべて、その作家のルーツで作家像が解明されるということではないから、リービは中国にのめり込み過ぎている」ということを言われたこともある。でも一つの事実として、四九年から半世紀近く、少なくとも日本文学の中心においては、そのような言説はなかった。このことを含めて、ぼくは九〇年代、中国大陸に渡るたびに新しい発見があって、新しいことを考えることができました。

さっき、フィクションとノンフィクションの話をしました。九〇年代から江沢民の時代に入るわけですが、ぼくの経験では、行けば行くほど、自由に普通の人と話をすることができるようになった。六〇年代のぼくの学生時代にはちょっと想像できないぐらい、ざっくばらんに人と話をすることができるし、日本人と違って、初対面の人でもかなりプライベートな事柄まで語ってくれるというのが、そのときの印象だった。行けば行くほど、人の話、中国大陸人の話を生で聞くことができた。生で聞くことができたところをそのまま記録すれば、たぶん、なかなかいいジャーナリズムになったかと思います。

たとえば、アメリカではニコラス・クリストフであるとか、「ニューヨーク・タイムズ」の記者が、とってもいいジャーナリズムを書いているわけですね。アメリカ人は遠慮しないし、中国人相手でも、わりとざっくばらんに話し掛ける。ところが、人の話を聞く、あるいは安部公房のミステリーを解明することはできるんですが、ぼくにとって大切なのは小説です。フィクションです。私小説をつくった国から中国大陸へ行って、じゃあ自分の話は何なのかと思う。単なる情報じゃなくて、旅をしている語り手自身はどうなっているのかと思う。つまり、何を書けばいいか、いちいち分からなくなって、ノンフィクションでもジャーナリズムでもなくて、生々しい現実の報告でもなくて、そうじゃなくて、本当に自分の文学のテーマはあるのかなと思った。そのとき初めて、北京から長距離列車に乗り、大陸の奥へ旅するようになった。

『仮の水』という作品は紀行文学の形をとっていますが、主人公は甘粛省の天水という所に行きます。夏の日で喉がとても渇く。敦煌出身の農民のドライバーが彼をレストランに連れていくと、ミネラルウォーターを五元というとんでもない値段で売りつけられる。彼はすごく喉が渇いているからガバガバ飲みだす。飲んだ直後にちょっとおかしい、変な味だと気づくんですが、とにかくどうしようもなく喉が渇いているからそれを飲んでしまう。飲んでしまってから、びろうな話なんですが、完璧に腹を壊す。日本から持ってきたワカ末も、日本が大陸を制覇しようとして発明した正露丸も、いくら飲んでも効かない。そのような体験に基づいて、最もフィジカルな小説の一つを書いた。実際にはホテルに戻って日本から持ってきた病院用の薬を飲んでやっと、なんとか効きましたが。中国を旅行してきた中で最も恐ろしい体験でした(笑)。どうしようもない田舎で、千キロ先まで友達がいない、言葉もまともに話せないという中で、そういう目に遭った。そういう目に遭った後に、汽車に乗って西安に戻った。西安では東部の友達が車で待っていました。そしてぼくが「このようなひどい目に遭った」と言ったとき、「あ、あなたは、ジャーシュエイにあたった」と言われました。「ジャーシュエイ」という言葉は聞いたことがなかった。

ただ、ジャーシュエイと聞いたときに、漢字で「仮水」と思い浮かんだ。仮水はもちろん、偽水という意味です。後で分かったのですが、「仮《ジャー》」がつく語にはいろんなものがあって、仮にあふれてる。たとえば仮の酒と仮のきっぷ、仮の軍人と仮の新聞記者、ぼくは仮の日本人にも会いました。

世界が仮のものに充ちあふれているという発見。しかし重要なのは、「仮の水」と聞いて、偽という意味と同時に、平安時代からの「かりそめの命」という、もう一つの日本語の意味が浮かんできたということ。「仮水《ジャーシュエイ》」「仮の水」という言葉から、小説が生まれた。タイトルから小説を書いた。アメリカ人がアメリカについて小説を書いたら純文学カテゴリーの中でも結構売れるし、メジャーな文学賞だって取れる。でも中国についていくら書いても、それがなかった。『仮の水』で初めて伊藤整文学賞をいただいて、文学者として最高の喜びをぼくは感じました。やっと通じたと。通じる要素はなんだったか。よく考えてみましょう。

これがたとえば中国叩きのものだったら、どうでしょう。ぼくは甘粛省に行き、農民ヤクザにだまされました——そう書けば、たぶん嫌中嫌韓コーナーに入って、中国叩きのベストセラーになる。しかし、より公平に考えると、甘粛省は実は水の足りない農業地域で、ぼくはてっきり河南省の農民が一番貧しいと思っていたんですが、中国の新聞を読むとそうではなくて、甘粛省の農民が中国で最も貧しい。つまり、特権的な立場にいる主人公が、ぼくが、水の足りない農業地域で生まれ育った農民にだまされたということ。そうすると、社会派として中国に対する一つの理解があって、公平なテキストをつくったことになる。しかしぼくはそれだけじゃなくて、「ジャーシュエイ」と「仮水」をバイリンガル的に考える。日本語で書くということによって、また別の次元、社会派的な中国理解には留まらないもう一つの——古層のバイリンガル感覚によってしか浮かばない、自分にとって一つの究極的な表現をなんとかつかんだという気持ちになった。

日本に戻ってきて、大陸を思い出しながらいろいろ考えさせられた。中国の旅先で日本語が話せる人と会話していると、ぼくの耳に初めて「平仮名《ピンジャーミン》」「片仮名《ピエンジャーミン》」と言うのが飛び込んできて、たしかに同じ「仮」なんですね。仮水と同じ仮、「仮票《ジャーピアオ》」(偽の切符)、仮煙《ジャーイエン》(偽のたばこ)、仮酒《ジャージョウ》(偽の酒)と同じ仮だということが、よく分かった。つまり、「仮名」には仮の文字という意味がこめられている。それはぼくの意識じゃなくて、平安時代の日本人が仮の言葉として、真名たる漢字と違った仮名として、日本人の理解で書き言葉、エクリチュールを分けた。そうすると、ぼくは真名の発祥地について仮名で書いていることにもなります。仮の文字で書いている。これは英語では、とてもあらわせないことです。英語だったら単なるFake wordになる。本当にくだらない英語になってしまう。このような言葉のあいまいさによって、もう一つの次元を開く。ひょっとしたら、中国像を正しく伝えられる——今、たしかにマスコミの中国イメージなんか本当にひどい時代で、聴衆の先生方はそのことを懸念されているのがよく分かる。ぼくの文学も、もしかしたら副作用として、多少それを正す要素もあるかもしれませんが、最終的には日本語でどう書くかが問題です。日本語で書くことによって何が浮き彫りになるか、奪われるか、ということを、ぼくはずっと考えてきました。

小説だけでなく、本来は「内容」が中心だと思われているノンフィクションにおいても、大陸を島国のことばで書こうとすると、おのずと言葉自体が問題になる。ぼくは中国革命の場所について『延安』という本を書きました。その中で、かなりのアイロニーとポスト・イデオロギーの気持ちを込めて、「人民文学論」という章を書いた。これは、延安の郊外にある毛沢東時代につくられた、正式名、魯迅芸術文学院を書いたものです。毛沢東たちが洞窟にこもってゲリラ戦争をしていた時代に、文芸学校をつくるわけですね。これは毛沢東のあの有名な「延安文芸座談会での講話」にも描かれています。革命に奉仕する文学を創作するため、六百八十五人の「芸術人」が、そこを卒業したということになっています。

たとえば、ぼくは莫言《ばくげん》さんと北京で対談したことがあります。彼はとても官能的な作家ですが、実は人民解放軍出身です。彼の次に今世界で話題になっている閻連科《えんれんか》さんもそうなんですね。貧しい農民の唯一の出世の道は人民解放軍に入ることでした。聞くと、人民解放軍に入って日本の新人賞応募と同じように短編小説を送り、それが認められたら、文芸班に入ることができるそうです。

たとえるなら、日本の自衛隊の中に文芸班があるとか、アメリカがイラクに侵略したときに小説家班を連れていくとかいう(笑)、あり得ない話です。これこそが中国大陸の、現代史のおもしろみの一つです。莫言と話したときに、彼はやや申し訳なさそうな顔持ちになって、貧しいからそこに入ったし、ガルシア＝マルケスの影響を受けつつ、とても官能的な小説を書いて、「ついに司令官と意見が合わなくなって軍を辞めた」というようなことを言っていましたが、そのような伝統の原型であった学校にぼくは実際に行ってみた。十九世紀にプロテスタントの宣教師たちが建てた教会を、毛沢東は没収して十字架を下ろして、たしか赤旗をそこに立てた。文芸座談会でも言っているように、革命のためになる文芸を実践する「創作学校」を、ぼくは訪れた。

訪れたとき、莫言の話を思い出していました。同じ対談の中で、莫言は「四九年から七六年に文化大革命が終わる頃まで、中国には厳密な意味での文学はほとんどなかった」と断言した。文革時代の前後に活躍した、かなりの作家たちを否定するような意見なんですが、もしそうであるとすれば、三十年分、四十年分の人民が本当には描かれていないということになります。そのとき、英語や日本語で描かれていないんじゃなくて、当の中国語でも、もし莫言の意見に従うならば、描かれていなかったということになる。創作学校の創作はすべて失敗作で終わったことになる。それでもむなしい気持ちとなって、教会となった文芸学校から出て、田舎道で延安に帰ろうとした。タクシーがなかなかなくて、バスも満員で、止まってくれない。通りすぎたバスは満員で、二百人の農民がみんなぼくを見ている。日本人でもたぶん似たような経験はあると思いますが、ぼくのような老外《ラオワイ》となると、さらに異質な存在として浮き立ってしまう。そのときに思ったことは、ずっとわれわれが、あるいは知識人が、あるいは共産党幹部がどのように人民を描くか、という問いしかなかったということ。見る／見られる、描く／描かれる、表現する／表現されるという、ポストコロニアルのディスクールの中心、根元的な問題がそこに浮かび上がったわけです。つまり、大陸の道端で、ぼくが逆に二百人から描かれているということを骨身に沁みて、たぶん中国大陸へ行って初めて分かった。

そのような体験に基づいて、ぼくらが書く。書く人／書かれる人という関係が、いまだにどうなっているかということを、ぼくは最も遅れている場所、最も貧しい場所に行けば行くほど、考えるようになった。

東アジアの歴史にさらされた一人の主情と、膨大な大陸の客観的な現実との緊張感を、『大陸へ』というノンフィクションを書きながらつねに感じました。この本は、半分はアメリカのワシントン、半分は河南省の話を書いたものです。とくに最後の三章では、河南省の平頂山という所、国民党の時代から石炭鉱で有名な場所なんですが、そこの黒くなった農村を舞台に、そこで生きている、河南省の中でも最も貧しい人たちの話を書いてみました。

ある日、そこの農民のモーターバイクに乗って、「人民の住んでる場所を見たい」と言って、石炭鉱で勤めている人たちの所へ行きました。みんな外地《ワイディ》の人でした。外来の労働者の寮みたいな所があって、一番貧しい所ではなんとなく南北戦争前のアメリカの奴隷部屋を思い起こさせるようなものもあれば、歴史的な貧困の暗闇に、現代化の光が差したように裕福でテレビもあって、ビデオゲームをやっている家族もいました。とにかく、実際に石炭鉱の人民が暮らす所を見たりしていたら、突然、老板《ラオバン》、ボス、社長が出てきた。ボスとともに現れた五人のヤクザらしい大男に、ぼくはたちまち囲まれた。それまで二十年中国に行って、一回もそんな目に遭ったことはなかった。莫言の小説の場面に踏み込んだような気がした。「おまえのような人間が、なんでこんな遅れてる所、こんな貧しい所に来ているのか。私の石炭鉱のことを外国の新聞でばらすんじゃないか」というようなことをボスが言っていた。ぼくは「私は記者じゃない。特務《スパイ》ではない」と答えた。すると、「おまえはなんで来ている？　おまえはなんなのか」と聞かれた。その瞬間、頭の中で、日本語で「文学者」という言葉が浮かんだ。文学者という言葉はたぶん中国語にもあるんですが、あの「文学者」のニュアンスはおそらくない。八〇年代の日本の有名な座談会で、ある批評家がある作家に対して、究極的な否定として「おまえなんか文学者じゃない」と怒鳴ったのは、とても有名な例です。

大陸の最も大陸らしい巨大な田舎に、なぜ来たのか。文学者として、世界と言葉の物理的な関係を求めて、日本語の作家としてぼくはここに来た。大陸を、島国のことばに「翻訳する」ように、書くために来た。ぼくはそれだけのことだった。あとで聞いた話では、あの地方の個人経営の小さな石炭鉱では多くの事故が起きて、政府がそこを閉鎖したらしい。あの日、「文学者」という日本語は大陸の風景の中でこだまをして、たぶん日本にいるとき以上に明瞭な響きをもった。ありがとうございました。

大谷大学、二〇一四年十月十一日
日本中国学会第六十六回大会特別講演

新宿のlight

ぼくはアメリカと日本と中国を軸にして世界を書いてきました。台湾もちょっと入るし、在日を通して韓国も入る。一番欠けているのはヨーロッパです。日本の作家になってからヨーロッパに来るのは二回目で、一回目も多和田葉子との対談のためでした。ですけど、文学者として作家として、今まで体験してきたことはたぶん世界のどこに行っても通じるところは通じる、通じないところは通じないから、ぼくのある体験からお話を始めたいと思います。

ぼくは若かった頃、アメリカのプリンストン大学の助教授で、そのとき、人生の半分がアメリカで半分は新宿という感じだったんだけど、安部公房という作家に紹介されました。安部公房は言うまでもなく、大江健三郎と並んで、どっちが先にノーベル賞を取るかというくらい有名な作家だったんですが、青春時代のあるとき、彼に頼まれて、彼がアメリカで公演する芝居の英訳をするという話がありました。本当に短い芝居で、たぶん専門家の方じゃないと誰も知らないと思うんですが、その芝居のタイトルは『仔象は死んだ』、"The Little Elephant is Dead" というものので、安部公房がちょっとポストモダン的に書いていて、鮮やかなイメージと短いセリフを合わせたものでした。これは、ヨーロッパもそうだしアメリカとかイギリスも同じだと思うんですが、外国人の翻訳家が翻訳するにあたっては、分からないことがあるとその作家が生きていたらその作家のところに行って、先生これはどういう意味ですかとか、そういうことを聞きます。それでぼくも、渋谷の大和教会というところの地下室に、安部公房スタジオの小さな稽古場と事務所があって、ぼくは高田馬場というところに住んでいましたから、山手線に乗って新宿を通って、渋谷にある時期通っていました。あるとき短いテキストを訳していると、記憶がそんなにはっきりしないんだけど、「象が走り出した」というような文章にぶつかった。英語のテキストをつくるときは、この「象」が一頭なのか二頭なのか、それともターザンの映画みたいに、ジャングルの中で猛然と走り出した象の群れなのか、ということを決めなきゃいけない。

ぼくは、「安部先生、これは一頭なのか、複数なのか」と聞きました。すると安部公房は「分からない」と言った（笑）。あなたは今生きている日本一か二の作家で、自分で書いた文章でしょう、それで「分からない」ってどういうことなのか――そう思った。でも安部先生は、「英雄君、おれたち日本人にはそういう発想がないから、英雄君が自分で決めなさい」と言う。「分かりました」と言いまして（笑）、また山手線に乗って、ぼくは高田馬場に帰ったんですが、途中で新宿の歌舞伎町の裏を通った。ちょうどこれが夕方で、八千か九千のネオンサインが灯る、ちょうどその時刻だった。その九千のネオンサインの店は、たぶん半分は外国人が入れない、残りの半分は入ったら大変な目に遭うような所。そのときにぼくの頭の中で「新宿の光」という日本語が浮かんだ。新宿の光という、まさに戦後日本の一番重要なフレーズの一つなんですが、それまでのぼくなら、九千もあるから、たぶん the lights of Shinjuku というふうに頭の中で翻訳していた、そういうふうに発想していた。ところがそのとき、ある種の悟りのように、実はあれは lights ではない、単数の one light でもない、それが light そのもの、光そのものであることが初めて分かった。その後いろいろ考えて、aggregate light とか the sum of lights とか、そんな英語がずっと後になって浮かんだ。たぶん、日本語の世界に入り込んでいるつもりだったけど、本当は入っていなかったのかな、という気持ちになった。

それから二十年が経って、ぼくはアメリカの大学を辞任して、翻訳を辞めて、自分で日本語を書くようになった。さらに十年経って、ぼくが日本語のデビュー作として書いた『星条旗の聞こえない部屋』が、若いアメリカのジャパノロジストによって英訳されることになった。その若いアメリカ人が新宿の神楽坂にある私の家に来て、たとえば「リービさん、これは六〇年代の日本の歌ですか」とか、ちょっとアメリカ文学の引用があったりして、それを聞いてくるわけです。読んだことがある人は分かると思うんですが、一番最初のページで、アメリカ領事の息子が横浜のアメリカ領事館から家出をするわけですね。それで新宿に向かうんですが、夜中に家出をするときに守衛のボックスを通る。小説の中に、領事の息子だから、日本人ガードマンは彼を止めようとしなかったと書いてある。すると翻訳家が、「リービさん、この日本人ガードマンは一人ですか、二人ですか」と聞く。で、ぼくは「分からない」と言った(笑)。実際のことを思い出すと、大使館じゃなくて領事館だから一人だったかもしれない。だけど左翼運動が非常に盛んな時代だから、二人だったかもしれない(笑)。それはすべて事実をめぐる記憶であって、日本語の文章そのものには答えがない。日本でときどきこの話をするときに、「あの瞬間もしかしたら言い方によっては、日本人になれた、日本人になりきれたと言えるかもしれない」と言うと、大体聴衆の後ろのほうから、「英雄よくやった」という拍手も起こる。ただし、日本人になるか日本人にならないかは国籍の問題で、たとえばあのドナルド・キーン先生は帰化したんですね。法律的に日本人になった。ぼくも去年永住権をいただいたわけですが、今思うと、日本人になったというよりも、もしかしたらより重要なことは、ぼくが日本語の書き言葉そのものに入っていた。翻訳もせず、ぼくが日本語の書き言葉の内部にまで入った。そちらのほうが、むしろ本質的で重要ではないかと思います。

それが二十世紀の話ですが、ちょっと千三百年前にさかのぼって、こういうことを考えてみたい。ぼくは自分で日本語を書き出す前、安部公房とか三島由紀夫とか大江健三郎よりも、日本語の書き言葉の出発点、本当に日本文学の最初の書と言われている『万葉集』を――大英博物館に閉じこもって『源氏物語』を英訳したアーサー・ウェイリーじゃないんだけど――プリンストンの東洋図書館に閉じこもって英訳していた。これは七〇年代から八〇年代にかけての話なんですが、『万葉集』を読み続けているうちに、柿本人麿、山部赤人といった日本の朝廷が認めた三名か四名の大歌人の中に、もう一人、山上憶良という歌人がいるということが分かった。ぼくが研究家だった頃の恩師は中西進という日本一の万葉集研究家ですが、彼が七三年に『山上憶良』という分厚い本を出して、その中で、どうも憶良が日本じゃなくて朝鮮の百済で生まれて、小さい頃日本に移民――多和田さんとの対談の中でも浮かんだ現代のテーマですが――移民したそうだということを、有力な学説として説いた。ほぼ同時に、これは七二年ですが、李恢成《りかいせい》という在日韓国人が、非日本人で初めて芥川賞を受賞した。近代における日本と朝鮮の歴史、そして古代における日本とアジア大陸の歴史の、二つの中から、日本人に生まれなかった人も日本語で書いていいということに、ぼくは生まれて初めて気がついた。

憶良の長歌の中に、「好去好来歌」というのがあります。これはどういうことかというと、奈良時代の遣唐使を、日本から中国に向かって送って、その無事な帰朝を願う歌。良く行って良く来る歌、というのを憶良が日本語で書いた。たとえばこの歌の中には、「唐《もろこし》の遠き境に」という、外国のボーダーがたぶん日本文学の中で初めて、日本語として書かれる。そういうフレーズが入っています。またこの歌の中に、これも大変有名ですが、大和の国が「言霊の幸はふ国」であると詠むものもある。言霊というのはまさにキーワードですが、言葉そのものの中に霊力が宿っているというアニミズム的な信仰。言葉の中に magical power や spiritual power があるという考え方。多和田葉子もぼくの『日本語を書く部屋』の解説で書いてくれたんですが、言霊というと普通はナショナリズムの発想です。しかし、本当の『万葉集』、本当の日本語の歴史を見ると、おそらく朝鮮出身の人が、日本人が中国へ行って戻って来ることを歌う、つまり朝鮮と中国と日本という東アジアの一つの世界の文脈の中で、日本語の特徴として、言霊の国であると主張している。

ヨーロッパの方もこれはお分かりだと思うんですが、近代の流れの中で、とくに戦後になってからは、日本にとってはまずアメリカがあって、そのアメリカの影響を受けるとかアメリカの影響を拒絶するとか、今考えると日米というかなり狭いペアとして存在していた。ところが本物の日本文学を読めば読むほど、そうじゃなくて実はより複雑な国際的な文脈の中で、日本語は千三百年前から生きていたということが分かる。今となってはそれを結論みたいなこととして言えるんだけど、若いときのぼくは、みんなが言っていることは違うんじゃないかという、表現にもならない、単なる疑念、単なる直感として、このことを考えながら日本文学を英訳していた。

同時に、読めば読むほど書きたくなるという青年の本能、衝動みたいなものがあって、ぼくもいつかは翻訳だけじゃなくて、自分でも日本語で創作することができるかもしれないという、まだ本当に夢みたいな感じもあった。それで半分はアメリカ、半分は日本に住んでいたわけですが、あるとき、とても有名な若い男性作家の翻訳をある雑誌から頼まれました。これは日本のヘミングウェイと言われたくらい、男性的なふるまいで有名だった作家ですけど、その頼まれた小説の一番最初の文章にあたった。

明け方になって急に家の裏口から夏芙蓉の甘いにおいが入り込んで来たので息苦しく、まるで花のにおいに息をとめられるように思ってオリュウノオバは眼をさまし、仏壇の横にしつらえた台に乗せた夫の礼如さんの額に入った写真が微かに白く闇の中に浮きあがっているのをみて、尊い仏様のような人だった礼如さんと夫婦だった事が有り得ない幻だったような気がした。

ヘミングウェイを頼まれたのにフォークナーだった、という感じの文体だったんですけど(笑)。それを頑張って、次のように英訳しました。

The sweet stifling fragrance of summer mallows had suddenly crept in from the back door with the first wisps of dawn, and Oryu, thinking that the blossoms would choke her, opened her eyes and, seeing the photograph of her husband Reijo looming faintly white in the darkness from where it had been placed on a stand next to the family altar, had a feeling that her marriage to Reijo, a man like a noble Buddha, must have been an impossible illusion.

今読み上げたのは、中上健次の『千年の愉楽』の文章です。これは標準的な日本の近代文学とは違う、その外にあるものだと感じました。ぼくは『万葉集』の長歌を翻訳していたから、前近代の日本語は基本的にコンマとかピリオドはなくて、井原西鶴もそうですけど、ずーっと続くということを知っていた。簡単に説明すると、中上さんはもちろん被差別部落の出身で、被差別部落についてはいろいろ説があるんですが、私がこれまでに読んだ一つには、標準的な近代的な日本の営みから排除された、その「路地」の古層を奇跡的に二十世紀の散文で語った、そのような重みを感じました。それからしばらくして、新宿の文壇バーでお酒を飲んでいたら、細いインテリばっかりいるバーで、急に自分の目の前に、ちょっとなんかプロレスラーなのかヤクザなのか、でっかい男が目の前に座っている。それが中上健次でした。

飲み友達になって、かなりいじめられました。暴力は受けなかったんだけど(笑)、飲んでいるときに、「リービは翻訳だけじゃなくて、俺たち日本人と一緒になって、自分でも日本語を書け」

というようなことを言った。安部公房を含めてかなり有名な作家たちと会っていたんだけど、いつも彼らが日本語を書いてぼくが英訳するという前提のうえでつきあっていたら、初めて違ったことを中上健次に言われました。実際に『星条旗の聞こえない部屋』を出したときは、彼にはとても厳しいことを言われました。たとえば、主人公が電車に乗って横浜から東京へ逃げるわけですが、「リービは日本の電車を書いたつもりで、Aトレインしか書いてない」と言う（笑）。Aトレインというのはあのニューヨークの地下鉄です。素晴らしい先生で非常に厳しい先生でもあった。後で聞くと、いろんな標準的でない若い作家の先輩に、中上さんはなった。島田雅彦、日本一の女性作家である津島佑子、レズビアンをテーマにしている松浦理英子。その中で私がとくに関心を持っていたのが在日韓国人女性作家の李良枝《イヤンジ》でした。

英語の世界ではRushdie's Childrenという言い方がある。つまりサルマン・ラシュディの後に元の大英帝国のいろんな作家が次々とインドとかアフリカから出てきたわけですが、ぼくはNakagami's Childrenという言葉を使ったことがあります。その中で李良枝という作家は、ぼくもそんなに詳しくないけど、簡単にいいますと、前の世代——さっき触れた李恢成の世代は、生まれたときから家で「朝鮮問題」というアイデンティティーを意識させられたんですね。そうすると、生まれたときから自分が日本人じゃないと分かっています。ところがその次の世代になると、たとえば山梨県の田舎に田中淑枝という女の子がいる。田中淑枝はずっと日本人として、普通の日本人の女の子として生きていたところ、九歳になったときに、ある日突然、おまえは田中淑枝じゃなくて、おまえは朝鮮人だと言われてすごいショックを受ける。簡単にいうと「次の世代」は、彼女自身が言うにはとくに差別されたこともない、いじめられたこともない。ですが、自分のアイデンティティーと言葉について、それがひっかかりとなって、結果として小説を書き始めた。彼女の一番有名な小説は『由熙《ユヒ》』と言いまして、百回目の芥川賞を取った作品です。

どういう話かというと、そのようなバックグラウンドを持った主人公が大人になって、二十歳過ぎて、祖国としてあこがれていた元の国に、ソウルに留学しに行く。ところが韓国にいると韓国文化に対して抵抗感を感じだす。差別の歴史があって、それを受け継いだ人が元の国に帰ると、その国に馴染めないということが急に分かる。最初これは文化のレベルのことなんですが、小説が深まるにつれて、言語の問題として、つまり自分ではどうしようもなく精神構造そのものが日本語から出来上がっている、それを変えることはできないということが分かってくる。それまでは日本人という民族が朝鮮人という民族をいじめた、植民地にした、それについて文学を書く、というわりと単純な構図だった。しかし新しい世代になると、日本人じゃない、日本人じゃないのに日本語でしか生きられない、新しいタイプが生まれる。東アジアの内部において、国籍・民族・言語が初めて切り離されてしまいます。

小説の最後にとても有名な箇所があるんですが、「ことばの杖」という表現を使う。人間が朝起きたときに、言葉をつかもうとする、杖のごとくに言語をつかんでその日一日を生きようとする。由熙という主人公の場合は、その最初の音が「あ」なのか「아」なのか、ひらがななのかハングルなのか分からないという。それで小説が終わるわけですが、人間が言葉をつかんで生きるという発想が、おそらく普通の日本人にはなく、ここまでは書けない。とはいえ、韓国語から一

歩も出たことのない韓国人にも分からない。英語から一歩も出たことのないアメリカ人も書けない。ぼくはたとえば西洋のポストコロニアル文学には、ぜんぶ読んだわけじゃないから断言はできませんが、おそらく言葉とアイデンティティーをこんなに鮮明に書いたものは少ないんじゃないかと思います。

ぼくは九二年に『星条旗の聞こえない部屋』を一冊の本として出して、野間文芸新人賞をいただいたんですが、その年の春に李良枝が三十七歳、その年の夏の終わりに中上健次が四十六歳で亡くなった。ぼくがやっと日本語の作家としてデビューしたときに、二人の先輩を失った。そのうえでのデビューでした。

日本で話をするときに必ず李良枝の話をしますけど、もう一人必ず多和田葉子の話もします。片っぽでは李良枝の場合は、百年前からの差別――つまり近代の歴史、あるいは日本とアジアの歴史を背負った、政治的な必然性を背負って書いていた。それに対して、ぼくの理解している多和田さんは、『エクソフォニー』の一番最初に――今まで人間がもう一つの言葉で書くということは、移民であるとかクレオールであるとか、何か政治的な、歴史的な理由をもって解釈されるけれども、人間はそんなに単純ではないということを、一番最初のページに書くわけですね。私に一番インスピレーションを与えた二人の女性作家なんですが、一人は政治的な必然性、もう一人はデビューのときから、政治的な必然性を否定したうえでドイツにいた、というわけですね。それは多和田さんが政治的に鈍いとか、書いていないとか、関心がないとかいう意味ではありません。ただ、言語と言語の間にいようという選択そのものは政治的に説明しきれないというところで書くのが彼女の新しさだと思う。

二人の先輩を失ったうえでのデビューのあと、九〇年代の半ばに入って、たぶん一九四九年以降なかったような個人的な自由をもって、資本主義側の人間がですね、中国大陸を自由に旅することができるようになった。何が起きたかというと、ぼくはちょっと日本で何を書けばいいのか分からなくなった時期でした。そこへ突然、中国大陸でしょう。中国大陸のインパクトを身体的に、体をもって受けることになる。それをもっていろんな日本語の作品、つまり日本語をもって中国を書くということをやっていました。その中の一つだけ話したいと思います。ぼくが中国で一番おもしろかったことの一つ。これはユダヤ人だったぼくのお父さんから聞いた話で、歴史でもあり伝説でもあります。河南省の開封という都市は、九百年前に北宋の都だったんですが、話を聞くと、実はそこにはユダヤ系中国人がいたという。そこを訪ねました。これが私の本になるんです。第四人民医院という、病気になったらあまり入りたくないような病院ですけど(笑)、その古い病院の後ろのボイラー室に入ってみました。どこにも標識がない、そのボイラー室に入ると、幾何学的なデザインのある古い井戸が石炭にまみれてある。これがシナゴーグの遺跡でした。それを見つける。それについて日本語を書く。

主人公は、ボイラー室の中で、それまでは中国語で話していたわけですが、中に入ってその真っ暗な井戸を見ると、そこまで彼の頭の中は中国語だったのに、急に中国語が消えて日本語に戻る。何が出るかというと、「いた」「いました」。あなた方の使うドイツ語だとes gibtだけど、誰がgibtかは書かない。主語がないまま、「いた」。英語だったらwas。ドイツ語だったらwar。

主語なしのwar。次に出てきた言葉も、主語なしの「なった」。日本語で「いた」「なった」。なぜ主語を入れないかというと、主語として何がふさわしいか分からない。これは九百年前の現実から唯一残っている物理的な遺跡でした。「西洋人が中国人になった」と言ってしまうとアナクロでしょ。西洋人という発想もないし、中国人という発想もないし、アジア人という発想すらない、マルコ・ポーロより二百年前の話です。二、三秒経って、彼の頭の中で、「がいじんが、がいじんではなく、なった」という文章が浮かぶ。がいじんは英語のforeignerとも違うし、ドイツ語のAusländerとも違う。日本語の「そとびと」(外人)。中に入ってない、中に入れない人。がいじんが、ここでがいじんではなくなった。

小説の一番最後、彼はそこを離れて一人で歩き出す。これは現代中国にはどこにでもある風景なんですが、古い街をぶっこわして、そこはもう解体現場になっている。日本語で発想している白人が、一人で解体現場の中を歩いていると、急に何十人もの中国の子どもが彼のことに気づいて寄ってくる。中国における英会話でHelloの次に覚える言葉は、What's your name? 子どもたちは、この場合「老外《ラオワイ》」と言うんですね、がいじんじゃなくて。What's your name? What's your name? と聞く。彼は答えられない。本当の答えはできない。子どもたちはだんだん怒る。せっかく覚えた英語なのに答えてくれない、この老外は傲慢だというふうに。彼はそのうちに石が飛んでくると思って逃げる。逃げるというところで小説が終わる。

この開封のユダヤ人のことですが、何もユダヤ民族のことを書いているわけではない。そうではなくて、今日はヨーロッパの真っ只中にいるからかえって強く意識しますが、たぶんヨーロッパを発った、旧約聖書を持った人たちが、シルクロードを経て、東アジアの中心にたどり着いた。ユダヤ人であるとかアジア人であるとかヨーロッパ人であるというよりもまず、実際に西洋の基本的なテキストを持って東アジアにたどり着いた。一番重要なことは、九百年間中国語の中で生きていたということです。ぼくはその後、他の雑誌でノンフィクションを書くということでもう一度行ったんですが、博物館である掛け軸を買いました。一千元で。それがは「シナゴーグ再建の記」といって、黄河の洪水によって何度もシナゴーグが破壊されて、また再建された、彼らの歴史をぜんぶ中国語で書いたものです。古代の中国語はそれほど読めないんですが、ぼくが今日本語を書いている新宿の部屋の壁にその掛け軸をかけた。ちょっとスランプになったときに、その掛け軸をじっと見る。そうすると読めない漢字列の中で、「アブラハム」「シナイ山」というように、断片の中からだんだん分かってくる。

最後にまた多和田葉子の話に戻ると、彼女は日本でデビューしたとき、「自分を翻訳する文学」「自らを翻訳する文学」と言われました。ぼくも似たようなことを言われたことがあります。このことはドイツともオーストリアとも関係があるかと思うんですが、国家＝一つの民族＝一つの言語という百年、百五十年の歴史の後に、「そのイコールはない」という新しいタイプのもの書きたちが出てきたこと――それがとても新しいことだと言われている。前衛的で現代的だと言われている。ぼくは片っぽで『万葉集』の日本語の例、片っぽでは九百年前の宋朝の中国の例の二つを考えて、その二つを現代文学になんとか書き込んだときに、実はとても古いテーマであるということが分かりました。

「越境の声」は実は千何百年前からあった声であるということで、今日の話を終わらせていただきたいと思います。ありがとうございました。

ウィーン大学、二〇一五年十月七日

II

多言語的高揚感

——三つの対話

大陸のただ中、世界の物語を探して

閻連科

閻連科……えん れんか／イエン レンコー

一九五八年、河南省嵩《ソン》県生まれ。七八年に人民解放軍に入隊し、創作学習班に加わる。毛沢東のスローガンを性愛表現と絡めた『人民に奉仕する』、売血政策によりエイズに感染した村を扱った『丁庄の夢』、知識人の収容区を舞台に飢饉を描いた『四書』などが発禁、一時販売停止の処分を受けた。二〇一四年にフランツ・カフカ賞を受賞。現在、中国人民大学文学院教授。他の邦訳書に『愉楽』『父を想う』『年月日』『炸裂志』『硬きこと水のごとし』がある。

文化が初めに傷つけられた

リービ　私が閻さんの故郷の地でもある河南省に通い始めたのは、一九九〇年代後半のことでした。一九九三年に北京を訪れて以来、それまでの日本とアメリカの往還だけでなく、日本と中国とを行き来して、しだいに河南や延安のような内陸部にも足を延ばすようになった。

でも、とても恥ずかしいことに、最近まで、中国の現代文学はまったく読んでいませんでした。多くの外国人と同じように、魯迅ぐらいは知っていましたが、文学の読解を通してではなく、一人の旅行者として直に中国を見聞する、それを日本語で書くという、言語の歴史をさかのぼる行為を日本文学の一つのチャレンジとしてつづけていた。だから二十一世紀に入ってある新聞で莫《ばく》言《げん》の小説を書評したとき、日本ともアメリカとも異質な歴史をもつ中国に、同時代の文学が存在していたことを知って、とても驚いた。同時に、読んでいなくて良かったとも思いました。早くから莫言の世界に触れていたら、あまりにも鮮烈な印象で、自分の体験が潰されていたかもしれない。

その遅い出会いをきっかけに、日本でも、時々訪れるアメリカでも、本屋に行くと現代中国文学の棚をよく見るようになりました。閻さんが書かれた『人民に奉仕する』の存在を知ったのもこの頃のことです。表紙から本の内容を決めてかかってはいけないとよくいわれますが、告白すると、ワシントンの本屋で英訳版を手に取ったときは、文革時代の性生活を赤裸々につづった、アメリカでよくある類の回想録だと思いこんで、買わなかったのです。ところが、同じ年の冬、ある文壇パーティーに行くと、珍しく大江健三郎さんがいる。たぶん十五分ぐらい話をすることができたのですが、その十五分のうち十分以上は、閻連科と、彼の新作『丁庄の夢』の絶賛だった。

それから二、三週間後に中国の社会科学院であなたに紹介されたとき、とても偶然とは思えませんでした。ようやく『人民に奉仕する』を手に入れて、一回読んで、二回読んで、私の大学のゼミでも学生に読ませました。アメリカでざらにある「文革もの」とは、まったく質が違うと、すぐに分かった。これが最もふさわしい例とは思いませんが、カズオ・イシグロのような、落ち着きのある、隙のない文体。同時にイシグロとは異なる、世界に対する緊張感も伝わってきました。私の批評の言葉では、ちょっと言い尽くせない。でも、そういう静謐な文体と確実な描写が、高速道路を走るミニバスの窓から私がいつも見てきた、河南の広大な平野と一体となっていることにも、強烈な印象を受けました。

二〇一二年の秋、閻さんの来日にあわせて「世界」で対談することが決まると、私はまるで閻連科の研究者になったかのように、ゆかりの地をあちこち旅しました。「ニューヨーク・タイムズ」に寄せられたエッセイの最後で、故郷から北京へと戻る途中、道路の脇に車を停めて、社会の状況に絶望して泣いたとあった。私は河南省の西にある尹川まで車を走らせて、この辺だったのかなと、そこまで調べていたんです(笑)。

対談直前の九月十三日まで大陸にいたのですが、尖閣諸島をめぐって日中関係が急激に悪化していることは、現地の報道からはっきり伝わってきた。「Japan must take this seriously」(日本政府は事態を深刻に受け止めよ)という、胡錦濤の談話が「チャイナ・デイリー」の見出しになったりしていました。日本に戻ると、閻さんを招聘していた日中青年作家会議が中止になったと聞き、もちろん対談も潰れました。

我々日本にいる作家は、たぶんとても恵まれていて、閻さんのように、著書が発禁になるようなことはほとんどない。政治や国際問題が、これほど直接的な形で、自分が大事にしていた文化のイベントを破壊したのは、作家になって初めての経験でした。中国でテレビを見ていたとき、解説者は日本への意思表明として、まずは外交、次に経済、最後に軍事的手段があるといっていましたが、外交以前の手段として文化がある。国家にとっては最もコストが少ない、その文化が最も傷つけられたのだと思います。

とても長いイントロダクションになったんですが、つまり、今日お目にかかってとても嬉しいということです(笑)。

閻　非常に心のこもったお話をありがとうございます。もっとお聞きしていたいくらいです(笑)。

二人の文学者のあいだの対話が延期され、実現するまでに一年以上の歳月がかかるとは、私も予想していませんでした。こうしてお会いして、リービさんが私に与えた印象は、けっして一人のアメリカ人ではなく、一人の日本人でもない。一人の知識人であり、真の文学者としてのものです。

リービさんは、これまで八十回以上も河南省に足を運ばれたと聞いています。その文学にかける情熱を知って、河南省出身の人間としては、尊敬の念を抱くだけではなくて、自分の郷土に対して恥ずかしい気持ちがします。

私は河南省を必死の思いで逃げ出した人間です。貧しい農村から、豊かな都市での暮らしに憧れ、解放軍に入隊した。私という人間は大家族の親不孝な息子で、リービさんはかなり人情のあつい方だと思います。

リービ　いやいや。私は、満腹状態で行きましたから(笑)。

閻　私には、言語の才能はまったくありません。外国語どころか、標準語でさえ上手に話せない(笑)。流暢に話せるのは河南訛りの中国語だけです。だからリービさんのように、母語とは言語の異なる国で創作を行う文学者に強く魅かれます。たとえばロシアの作家のナボコフはアメリカで、日本で生まれたカズオ・イシグロはイギリスで、私と同じ河南省出身の詩人である田原は日本で活躍している。

これは中国にかぎらないことだと思いますが、いわゆる紀行文学には、二つの種類があると思っています。一つは旅をして見たこと、考えたことをもとに執筆するスタイル。もう一つは、たんに書き手が地理的に移動するだけではなく、言語や文化を越えることで作品を生みだすスタイルです。リービさんの場合は、この二つが融合しているのかもしれません。

私は中国語訳の作品しか読めませんが、リービさんの『星条旗の聞こえない部屋』は一字一字、一行一行を真剣に読みました。言語はただ小説を書くための道具ではなく、芸術そのものになり得る。そのことを初めて認めなければならないと感じました。作品を通して、リービさんの、言語そのものへの鋭い感性と焦燥感を垣間見たような気がして、それは、私の中国の現実を観察する目と、それに対する強い焦燥感に近いものではないかとも思いました。

越境文学の魅力を知って、もう一つ気づかされたことがあります。要するに、私は外部の言語の世界には属していない。私のいるべき世界というのは、中国の、河南の大地です。そこにいる人間のために、現実を見すえる、ということからはやはり逃れられないし、お話を聞いて、河南の地に帰っていかなくては、という気持ちがいっそう強まりました。

中国を代表する省

リービ　『丁庄の夢』は、河南省で実際に起きた事件を題材にしていますね。売血が奨励され、農村全体にエイズが蔓延したという、ジャーナリズムや社会的リアリズムに回収されそうなテーマが、現代文学、しかもとても新しい現代文学として結晶している。センセーショナルな出来事の描写にとどまらない、たとえば色彩の感覚であるとか、夢と現実の交換であるとか、そういう独創性はどこからきているのか、不思議に思いました。

とても変なことを聞いてもいいでしょうか？　以前、河南省で閻さんの故郷を探したとき、街そのものは真新しい近代建築で、ひどく人工的で殺風景な佇まいになっている。なのに、そのすぐそばには、この世のものとは思えないパステルカラーの湖があった。灰色と茶色の田舎町と、そんな色をした湖が並んでいる光景は何ともいえない。そうした景色をずっと見てこられたことが、作品に影響していると考えるのは、あまりに単純ですが……。

閻　私の故郷は、そこから三キロも離れていません。洛陽から湖に行くのに、小さな町を通らなければなりませんが、その嵩県が私の故郷です。美しさと醜さのコントラストは、天国と地獄のようでしょう。

私は両親の下に河南省で生をうけたことには感謝しています。歴史、文化、そして豊かな自然の宝庫である土地で育ったことが、文学に関心をもつようになった大きな理由といえるはずです。そしてあらゆる意味において、河南省出身でなければ、私の創作は不可能だったといえるでしょう。

リービ　何かを見て直感的なことをいうのはとても危ないから、まったくの見当はずれではなかったと聞いて、ほっとしました。

たとえば莫言は、山東省の高密県からある種の現代性を引き出して、彼独特の文学を築いた。河南省から文学をつくるというのはどういうことなのでしょう。内部で生まれ育った人間として、河南省はどう見えますか。

閻　河南は、最も進んでいるものと、最も立ち遅れているもの、最も文明的に高級なもの、最も愚かなもの、そのすべてに遭遇することができる場所だと思います。

古代文明が発祥した「中原」は、河南省一帯の地域です。また中国の「七大古都」のうち、洛陽、安陽、開封と三つが河南省にある。北宋時代の儒者として知られる程顥《ていこう》・程頤《ていい》、唐代の詩人である白楽天や玄奘三蔵など、河南省に深いゆかりのある歴史上の人物も多い。

しかし、こうした豊かな歴史をもつ一方、今の河南省は、非常に複雑な状況に置かれていて、最も差別される省の一つともいえるかもしれません。自然災害があいつぎ、多くの地域は貧困に蝕まれたままです。エイズ村のような荒唐無稽な事件も起こっている。

リービ　「河の南、一億人の省」(『大陸へ』所収)というノンフィクションに書いたことがありますが、河北省から太行山脈に沿った、山西省との境界近くにある農村を車で通りすぎようとしたとき、三人の若い女性が、農作業姿で山の小道を歩いていた。それに気づいて、河北省の運転手が「あ、河南人」といったときの響きは、けっしてニュートラルなものではなかった。日本の農村の道で、誰かが出稼ぎのフィリピン人のことを言うような、差別的な感じが耳に残りました。

巨大な被差別性を抱える場所で、醜さの中に美しさがある。その二つの表裏一体の関係を突き止めるということを、閻さんはずっとやってこられたんですね。

もう一つ、閻さんの文学について不思議に思ったのは、批評性と同時に神話性が存在することです。『丁庄の夢』は、植物が死に絶え、秋を迎えたはずの平原の緑が萌え始め、大雨のなか泥の人間が生まれるという、幻想的な世界とともに終わります。ふつう、批評性はもっと直に政治的になるのに、貧しいということ、搾取されているということ、それと文明論が一緒になっている。何千年とさかのぼる河南の濃密な歴史に対する認識が、その背景にあるのかなと思いました。

閻　河南省を作家としてどう書くか。たとえ河南省出身であっても、一つの大きな背景、一九四九年以来あるいは、改革開放以来の中国の置かれている環境を考慮することなしに、その社会現実を描くことはできないと思います。莫言の『蛙鳴《あめい》』や、余華の『兄弟』のように、私の世代の作家は、天と地が逆転するようなこの三十年間の変化に、それぞれ向きあい、創作へと反映させてきました。

私が書きたいのは、河南省、そして中国の人たちが直面する厳しい現実——ジレンマや精神面の貧困さ、焦燥感のようなものです。現代の中国人ほど、内面が分裂した人間はいない。

経済発展の恩恵を受け、裕福な暮らしをしている人たちの情報が絶えず流されて、異常なほど金銭に憧れる人が多くなった。その拝金主義が社会をどれほど歪めているかは、中国で今起きていることを見ればすぐに分かるはずなのですが。あるいは、国民全員が豊かで近代的な暮らしを享受する権利をもつはずなのに、それが実現したら、地球環境にどのような負担を与えてしまうのか。国力の増大を心から願っていても、それは世界情勢を不安定にするのではないか。民主主義と自由を心底求めてはいても、それらを手に入れるためにどのような犠牲と混乱を耐えなければならないのか——こうした葛藤は、河南省だけでなく、中国全土の立ち遅れた地域に暮らす人が抱えているものなのかもしれません。

リービ　中国の内部から、これほどはっきりと現在と未来についての不安を聞いたことはなかったと思います。

一九九〇年代になると、かつての共産圏以外の外国人が、四十年ぶりに中国を自由に旅することができるようになった。この、経済交流を潤滑にするための「江沢民の自由」の一つの副産物として、芸術家や作家がリアルに中国大陸を体験する。そのなかで、中国人が何を考えているのか、どんな生活を送っているのか、十三億人の像が、かなりはっきりと結ばれるようになった。

私は、文学者としてこの自由を最大限に享受してきたし、日本人が百年以上も前、ドイツやフランス、アメリカに「外遊」したように、日本と西洋に加えて、もう一つ、身を投げる巨大な体験の領域を得たと直感的に思っています。貧しければいい、古い街並みが残っていればいい、というわけではないけれども、現代以前の時代を見るつもりで、河南を見た。

それは、文明史を踏まえない外国人の気楽さなのかもしれません。でも、最初に河南を訪れたとき、とにかく人の多さに圧倒されました。たとえば鄭州の野菜市場には、二万人が野菜を売りに来る。あるいは南北幹線道路の一〇七国道も、今はずいぶん綺麗に舗装されましたが、一万人を超える数の農民が、ズラーッと歩いている。冷戦が終わって、ほぼ全世界が自由経済をとるようになったときに、こういう中国の奥地の、人口の密度の最も高いところが、むしろ、世界の物語の、一つの最先端になり得るのではないかと感じたんです。その風景を、『大陸へ』に書きました。

閻　先ほども少し触れたように、河南省は最も中国を代表する省であり、いかなる省もそういう代表的な意味をもっていないと思います。あるいは、こういえるのかもしれません。中国全土で人びとが見聞きするような出来事は、だいたい河南省で遭遇できる。けれど、河南省で起こったことのすべてを、他の地域で体験することはできない。

都市部では猛烈なスピードで開発が進んでいますが、多くの人びとが今も貧困状態にあることについては、河南の歴史が、近代化の重荷となっているという人もいます。

リービ　外部の人間からすれば、近代化が至上の目的であるとは思えないのですが。私は大陸にいるとき、北京の胡同とか、レンガや泥でできた家の並ぶ地方都市の細い通りをひたすら歩いてきました。でも、九〇年代の終わり頃から、そうした路地の代わりに、工事現場ばかりを目にするようになった。中国にかぎらず、日本でも、韓国でも、東アジアの近代化の風景はまさに解体現場と工事現場なのだと思います。

今思えば、河南省まで足を延ばさなければ、もっと早く中国に行くのを止めていたかもしれない。北京と上海だけでは、八億人の農民なしでは、これほど創作意欲がかきたてられることもなかった。

中国人に「なった」外国人

リービ　激烈な二十世紀を生きてきた中国の人からすれば、「外国人にとって中国とは何か」という問いは、これまであまり重要なことではなかったのではないかと感じます。でも、世界中の人にとって「中国とは何か」という新しいテーマが出てきたのは、この二十年間の大きな変化だと思う。アメリカとはどういう存在か、アメリカ人に「なる」とはどういうことかが議論された二十世紀から、アイデンティティーをめぐる人の想像の仕方は、大きく変わったのではないか。

青年時代から「日本人」の感性と一体となって、ついに日本語を書きだした私ですが、九〇年代からは、アメリカではなく、日本から中国大陸にわたり、ある時点では、自分が今中国人だったらどうだろうと想像するようになった。

河南省を初めて描いたのは、「ヘンリーたけしレウィツキーの夏の紀行」(『天安門』所収)という作品です。九百年前、開封が北宋の都として繁栄を極めた時代に、旧約聖書を携えた古代のユダヤ人が、シルクロードを通ってやってきて、「李」とか「趙」という苗字をもらって定住した。小説では、白人の主人公が開封の路地を歩き、かつてのシナゴーグの井戸までたどりつく。すれ違う農民たちは、彼のことを、「老外《ラオワイ》(外国人)!」と呼びつけるのですが、その「老外」は、もしかしたら九百年前に中国に移民したユダヤ人の末裔《まつえい》かもしれない、「老外」と叫んだ人間の親戚かもしれないということが書きたかった。その井戸は、実はムスリム地区の真ん中にあって、イスラム系中国人、ユダヤ系中国人が、中国の真ん中でずっと一緒に暮らしてきたことになる。こうした文明史、河南省の中心性には、国際的な想像力を刺激されました。

「レウィツキー」を書いていたときにも思ったのですが、自分の物語を書くことは、他人の物語を読むこととつながっていますね。私が閻連科を発見した意味は、たんに、その小説を通して中国を知ったということにとどまらない。中国固有の状況にいる呉大旺《ウーダーワン》(『人民に奉仕する』の主人公)や丁輝《ディンフイ》(『丁庄の夢』の主人公)を、違うと知りながらも自分であるかのように読むということにもなるでしょう。これは、外国文学、自分とは違った国の文学をどう読むかという根本的な問題です。

一九六〇年頃、川端康成は、日本人が書いた文学が翻訳されて外国人に読まれること自体に、すごく驚いていた。それから日本語の文学と世界との関係は、川端さん、大江さん、ふたりの日本人のノーベル文学賞受賞を経て、大きく変わりました。答えも何もありませんが、こういうことが中国でもあり得るかどうかというのは、私にとって一番大きな質問です。

閻　これまで、ロシア語や英語にかぎらず、世界中の文学作品が中国語に翻訳され、中国の作家もそれらを広く読んできました。私の本棚にも、日本文学の本が大きなスペースを占めています。『源氏物語』から川端康成、三島由紀夫、安部公房、大江健三郎にいたるまで、数多くの作品によって、私の読書と創作は明るく照らされてきた。今、中国の書店をのぞくと、最近の日本文学は翻訳されるスピードが遅くなり、村上春樹以外の作品はあまり多くありません。こうした変化はなぜ起きたのか、と思うのですが……。

中国の文学作品も、日本語、英語、スペイン語、ドイツ語、フランス語などに翻訳され、世界各地の読者に読まれ始めています。かつて日本で起こったのと同じようなことは、中国でも起こり得るのではないでしょうか。

ただ、中国の作品を多くの人に読んでもらうには、翻訳の問題はもちろん、一人の作家として文学的に価値のあるものを創作することが何より重要だと思います。経済的に豊かになり、社会が複雑な状況になったことは、小説を書くうえで有利な条件といえるはずですが、中国の作家で、創作の源である、自由のために努力する人は少なくなっている。毎年のように禁書が生まれても、それに対して文学者がともに声を上げる動きにはつながらない。自由は勝ち取るものだという発想がないのです。

次に日本語に訳される予定の『四書』では、自分の想像力を駆使し、真の解放と自由を、どの程度実現できるかに挑戦しました。知識人の改造を目的につくられた収容区を舞台に、大躍進から飢餓の時代、そして文革期にいたる物語を描いています。この小説は、物語だけでなく、文体、言葉遣いの面でも、ここ十年間で一番納得のいった作品です。

リービ　すごく読みたいです。現代文学が、ある面では移動する人間、生活における移動を前提とするなかで、閻さんの『人民に奉仕する』にせよ、『丁庄の夢』にせよ、小さな一つの農村共同体を叙事的に描いた作品が、さまざまな言語に翻訳され、世界中の人びとに衝撃を与えているというのは、とても重要なことだと思います。

大陸を書く

閻　一年前に日本に来ることができて、こうしてリービさんと会っていたとしたら、私はもっと純粋に文学のこと、文化交流のことについて話していたのではないかと思います。しかしこの一年のあいだで、日中間は複雑な問題を抱えこみ、指導者の交代を経た中国の社会現実においても、大きな変化が起きてきています。変化のなかで一つ証明されたのは、文学について考えるだけでは、尊敬に値するような作家とはいえないということです。作家が置かれている社会、時代に向きあわなければならない。

そして中国では、一人の作家が、社会を見つめるだけではなく、社会そのもの、現実そのものが、人間に目を落としているといえるでしょう。作家であろうと、知識人であろうと、中国の現実に対して懐疑的な目線をもつことで、初めて冷静を保つことができるような状態だと思います。

リービ　私が中国に何度も行っている、というと、すぐに「中国通」とされて、今日本人の一番関心があること、つまり「あの中国は実際どうなっているのか」「これからどうなるのか」とくり返し問われます。たぶん、ジャーナリストや研究者だったら、行って分かったことを、戻って来て説明する。でも私が考える文学は、そうではなくて、行って一部は分かった、でも、ほとんどは分からない。その、分からないところまで行ったときに、世界の触覚のようなものに接した感じをもつ。むしろそれを書いているんです。

私は、河南省の方言の六割くらいは理解できます。北京語のほうが簡単ですが、河南方言を多少は知っていることで、農民とも話をすることができる。中国語でいう「土語」の中に、何とか入りこもうとしているわけです。この「六割」というのが実は重要で、残念ながら十割になることはないでしょう。そこで私が考えるのは、分からないこと、あるいは、分かることと分からないことのあいだに心がゆらぐとき、世界が新しく見える。私の中国語が断片的で、それを一生マスターできないところに、文学者としての根拠を見出そうとしている。

今申し上げたことと、閻さんがおっしゃったことが矛盾するのは、この、非常にきわどい時代に、とても冷静に現実を見なくてはいけないということです。そうすると、「分からない」という告白だけではだめなのかもしれない。つまり答えを保留するのは、とても贅沢な行為になったのかなという気もする。

閻　いいえ。私がつねに願っているのは、中国について、いかなる結論にも飛びつかないでほしい、ということです。中国に対して希望をもってもいいし、絶望感を語ってもいい。しかし、中国の未来は明るいものなのか、惨憺たるものになるのか、それはまだ誰にも分かりません。

私たち中国人の作家より、海外の作家は、中国を描くうえで、有利な条件にある。客観的な視点から、よりリアルに、的確に書けるはずです。それは、大陸の作家の手がとどかない空白の部分を埋めるものと思っています。

また、すべての文学者は、直接的には一つひとつの課題を解決することができなかったとしても、それを描くことで、現代の検証人としての役割を果たすことができる。その目で中国を見て、その耳で中国語を聞いたならば、ぜひ、克明にそのことを伝えてほしいのです。

リービ　とても大事なアドバイスをもらったと思う。これだけ話したけれど、「ちょっと分からない」――それが、私の一つの結論になりそうです。

閻　いろいろなことを熟知したうえで、読者にまだ分からない、すべては未解明である、といえることが、最も素晴らしいことなのではないかと思います。

通訳＝趙暉、編集協力＝桑島道夫

危機の時代と「言葉の病」

多和田葉子

多和田葉子……たわだ　ようこ

一九六〇年、東京生まれ。早稲田大学第一文学部ロシア文学科卒業後、八二年にドイツ・ハンブルクへ。二〇〇六年よりベルリン在住。日本語とドイツ語の二か国語で作品を発表し、ゲーテ・メダルやクライスト賞を受賞、一八年には『献灯使』が全米図書賞翻訳部門を受賞した。おもな著書に『犬婿入り』（芥川賞）、『容疑者の夜行列車』（伊藤整文学賞・谷崎潤一郎賞）、『雲をつかむ話』（読売文学賞・芸術選奨文部科学大臣賞）、『エクソフォニー』など。

異文化に接近することの意味

リービ　ぼくは、申しわけないことにドイツ語はまったくできないんです。一年だけ高校時代に授業を受けて、珍しくBをとりました（笑）。

中国に行って何度か日本語で講演をしたことがありますが、そのときも、講演をするほどには中国語ができないことを前もって謝罪しました。西欧人は、帝国主義の歴史を踏まえて、アジアでそういう謝罪をするのが好きなんですね（笑）。でも今日は、西洋と東洋の歴史からではなく、もっと純粋に、あなた方の言語ができないことを謝ります。はるばる日本からウィーンに来てごめんなさいと言ってばかりではよくないので、謝罪はこれでおしまいです。

ぼくは、文学観は必ずしも一致していないし、生活の場所も業績も異なりますが、たぶん世界で一番話のできる相手だと思って、多和田葉子のところにやって来ました。

私たちの対談が載るのは、沖縄の基地問題をどうするかとか、安倍晋三は非常に困ったとか、そのような社会派的、政治的な話がたくさん載っている媒体です。だからというわけでもないんですが（笑）、まずは、今国際政治において話題になっていることと、ぼくと多和田さんの書き言葉の表現との、ある接点について話してみたいと思います。つまり、中東やヨーロッパの難民危機が世界中で注目されていますね。

多和田さんは、『エクソフォニー』の中で、文学そのものが持つ移民性について書いておられます。と同時に、人が母語以外の言葉で小説を書くことは、「移民文学」とか「クレオール」だけでは説明しきれないとも主張されている。

今最も政治的な越境の問題と、そういうところから完全に切り離されているわけではないけれども、政治経済の文脈では定義しきれない、もう一つの言語で書くことの関係性について、どう思っていますか。

多和田 昔から時々、難民であるとか移民であるとか、亡命であるとか、自分の意志に反して外国語の中に投げ込まれて、外国語で書かなければならなくなった作家の作品と、リービさんのように、ある言語に強く魅かれて、自ら好んで書いた作家の作品、そのあいだに本当に違いがあるんだろうかということを考えてきました。

移民の人たちが、もう一つの言語で書くことがすなわち「移民文学」「越境文学」であるかというと、やはり、そんなに単純なものではないと思います。でも、移民なり難民の人が書くということと、その体験の中から生まれた文学と、私のしていることが完全に違うかといえば、それも違うと思うんですね。

どこから話していいか分からないんですが、たとえば日本に難民が来るという状況を考えたとき、日本政府は非常によくなくて……。

リービ 難民支援のお金は出すけれども、人は要らないと。

多和田 そうです。ひどいですね。海の向こうから助けを求めて人びとが船でやってきたときに、港の灯りを消して上陸できなくするみたいな。では政府だけが悪くて、国民の中には他の文化から来た人たちを受け入れるだけの成熟があるかというと、これも問題です。その種の成熟は経験を通して初めて得られるものですが。たとえば日本語が読み書きできるようになるまで移民を支える心の余裕があるでしょうか。実際に難民として認められた人、あるいは移民としてやってきた人でも、日本で働こうとすると、平仮名に加えて、いずれ漢字を習わないといけない。そうなると漢字二千字を覚えるのは、アルファベットで書かれた言語を覚えるよりも、ずっと時間がかかるとは思うんです。

日本語を国際化するために全部、仮名表記にした方がいいという主張もあります。私はむしろ、ある一つの文化に入ることはそれほど時間がかかる、日本語の表記法をマスターするくらいの時間をかけなければ異文化は理解できない、ということじゃないかと思い始めたんです。受け入れたあとで文化学習を援助する体制が必要だということです。移住した先ですぐたくさんお金を儲けようという心構えはだめだし、入ってきた人たちを経済の発展にすぐに利用しようという下心もだめだと思います。生活費を与えて、その代わり一日中勉強してもらう。実際ドイツに入ってきた難民も初めのうちは無料で何カ月か語学の勉強に専念することができます。それからソーシャルワーカーやボランティアが日常生活のことをいろいろ教えてくれます。日本語、日本社会の勉強にはもっと時間がかかるでしょう。時間がかかるということは価値があるということで、私は文化学習そのものが人生の内容になってしまっていいと思うんです。異文化に接近するのは難しい。異文化をそのまま受け入れるということではなく、その文化を知り、その文化に対する自分の対し方を考え続けるということですね。

移民を語る言説のズレ

リービ　どう考えたらいいでしょうか。日本の人口のうち、外国籍の人が占めるのは約二パーセントですね。ぼくは、その中で外国人が日本語を獲得してうまく生活を営むことと、文学の創作は、通じるところがあってもやっぱり違うと思う。つまり、一方は生活の中の言語で、もう一方は生活の場をもちながら、どこかその普通の生活からずれた作家のユニークな観点から言語を編み出して、それが創作になるわけです。

つまり、難民を受け入れるべきかとか、そうしたいわゆる総合雑誌が論じるような問題と、文学の本質的な、一人の人間と書き言葉との関係にかかわる問題は、切り離していいのか、それとも結びついているのか、ということなんですが。

ぼくは移民であることは、実は、その国の人間になりきれないところに価値があるのではないかと考えます。どんなに生活がうまくいっていても、観点のずれが生まれる。多和田さんがドイツにいらっしゃるのもその例でしょう。あとで詳しく話したいと思いますが、多和田さんの『献灯使』は、たぶん、ずっと日本にいる誰よりも日本の現在を批評的に豊かな形で書いた作品です。ドイツにいなければ、書けなかったかもしれない。もっと簡単にいえば、文学、特に世界文学は、いわゆる内部と外部の両方があるとすれば、外部にいながら内部のことを書く、その弁証法的な緊張感の中でつくりだされているものだと思います。

多和田　難民や移民の人たちというのは、私にとっては自分と切り離せない存在なんです。きっと多くの難民にとっては、どっちかといえば文学なんてどうでもいいんだと思います。だから片思い的な関係ですが。たとえば私はドイツで幸せに生活していますが、文化に対する違和感は消えません。違和感を幸せととらえる感覚の持ち主だから幸せなのかもしれませんが。それは日本人だからドイツ文化に違和感を持つわけではなく、人間が共同体に対して持つ基本的違和感です。それが異文化だとはっきり見え、生まれたときから慣れてしまった文化だと深く考えなくても同化しているみたいに生きていけるという違いがあるだけではないでしょうか。そのことを意識的にテーマ化し続ける作家の私が、そうではない移民の若者の不満などに耳を傾けたときにいろいろ勉強になることがあるんです。

その一例として、ドイツで生まれ育った人でも、「イスラム国」に参加したいという若者が結構います。それは一体どうしてなんだろうか、と考えてみると、たとえばドイツの高校に行くと、性的魅力があるかどうか、パートナーをみつけられるかがその人の価値を決めてしまうようなところがあります。日本でも美人だとかかっこいいとか騒ぐこともありますが、顔のよしあしなど関係ない親の愛に基本的にはまだ浸っているし、それからクラブの中で尊敬されているかとか、協調性があってみんなに好かれる性格かどうかなど、そういうところで評価され、むしろ女の子でやたら色気があったりしたら敬遠されると思うんです。それからドイツ社会を融和させる液体がワインとビールなので、高校生のときからお酒とか麻薬をのむパーティーという儀式がとても重要になってくる。そんな中でなんとなくついていけないまま友達もできず孤独でもてない若者が、性と酒びたりの堕落した西洋と違ってイスラム文化は高貴なのだ、と言われれば、なんだか嬉しいでしょう。それまでの自分の負のアイデンティティーが正のアイデンティティーに変換されるからです。私はそれは宗教そのものの対立ではないと思います。キリスト教だって昔は厳しくお酒を禁じた宗派もあったわけですし。

私自身はドイツの大学でも勉強する機会に恵まれ、ドイツ語でものを書いたりして、非常に同化しているみたいに見えますが、良い悪いではなくて、やっぱり違和感は持っています。だから非西洋からの移民の気持ちが理解できることがあるんです。

リービ　おっしゃっていることは、分かる気がします。ただ、聞きながら気づいたのは、日本とドイツ、あるいは日本と外国には基本的なギャップがあって、要するに日本では「難民」「移民」という認識がないんですね。日本の人口の約二パーセントにあたる外国籍の人間が、移民であるという発想自体が普通の言説にはありません。たんに一人ひとりがお金目的とか、何か個人的な都合でやってきたということになる。百年前から日本にいる朝鮮系の人たちですら、「在日」と、一時的に日本にいるだけという意味合いの言葉で扱われているわけです。外国人として生まれた者が定住し、日本社会に所属しているとか、日本文化の創り手となっているとか、死ぬまで日本にいるといった認識も普通のマスコミにはないでしょう。

そういう意味で、日本に生きる非日本人と、ヨーロッパに暮らす非ヨーロッパ人を比べることはフェアではない気がします。移民大国のアメリカでもなく、移民がいないことになっている日本でもなく、ここヨーロッパの中央、ウィーンに来てこんな話をすることで、日本の内部における人間の現実と、それを語る言説のズレが不思議とよく見えてくるような気がします。

多和田　確かに日本で「移民」と言ってもぴんときませんね。ヨーロッパのアメリカとは違うところは、移民がけっこういても、アメリカのように移民の国という意識は持っていないところでしょう。今はそのヨーロッパの中でも、それぞれの国が移民についてどれだけ見方が違っているかが明らかになってきている時期だと思います。ＥＵの危機です。かなりレベルの高い危機だと思いますが。

たとえばドイツの難民政策について、両極端に走りすぎる、という自己批判が出ています。一方には、少数派ではありますが見逃せないような外国人排斥運動があり、もう一方では、難民が電車で到着するたびに「よく来たね」と拍手で迎える人たちがいる。でも、不自然なほど肯定的に盛り上がるのはかえって危ないですね。どんなに歓迎する気持ちのある人でも不安はあるはずなので、不安を語ることをタブーにしてはいけないということです。なんでも議論できる雰囲気を保っていけるかが大切だと思うんです。口を開くと空気が凍ってしまうような雰囲気が一番こわいですね。

解釈と闘って残るもの

多和田　リービさんが言われたように、文学は、作家個人がすることです。たとえば複数の言語に囲まれて、その中でその人しかできない一回きりの組み合わせみたいな作品をつくる。それはひとりっきりの作業でありながら、常に歴史的なコンテキストの中にあると思うんです。だから、周りに似ていることをしている人たちがかならず見つかる。でもよく見ると、似ているものが全然違っていたり、違うものが似ていたりするんです。

リービ　でも、多和田さんの文学は、そのコンテキストではつかみきれないものでしょう。『エクソフォニー』の有名な始まりの言葉は、ある種の決定論を否定して、「外国語で書くのは移民だけとは限らないし、彼らの言葉がクレオール語であるとは限らない」「世界はもっと複雑になっている」とあります。つまり、人間が外国語で書くということ自体は、昔からあった。そのことに対する解釈は、それこそ「移民」「クレオール」あるいは「ポストコロニアル」「在日」と、歴史的に、あるいは社会科学の言葉で語られてきたわけです。中国から亡命して英語で書くとか、出稼ぎをしたトルコの人たちが、ドイツ語で書くとか……。

多和田　そう。たしかに、私の執筆活動は移民やそういうキーワードだけでは把握できない。でも、そういうキーワードで語られることによって、そういうキーワードに閉じ込められた他の作家たちの読み方も広がることがあるわけで、そういう意味でアカデミックな研究に貢献しているつもりです。それから、私がドイツ語で書くことに歴史的、政治的必然性はあると思います。これは誰もがすぐに思いつくようなコンテキストではなく、私が説明しないと存在しないも同様の自家製コンテキストですが。

リービ　ぼくは日本でデビューしたときに、ＣＩＡの陰謀じゃないかとか、いろんなことを言われました（笑）。小説という営みは必ず大言説のほうに結びつけられてしまう。だから、先ほどからぼくが話題にしたかったのは、我々が書くという現象より、むしろそれにまつわる解釈のことだったんですね。『エクソフォニー』が見事になしとげているのは、解釈との闘いです。解釈と闘って、その末に何が残るか。それは、誰かがドイツ語で書いたり日本語で書いたり、他の言語で書いたりする、表現者独自の必然性ではないでしょうか。

多和田　もちろん、最初に「作家になるんだったらこういう文学的経緯をたどりたい」と決めてから作家になるわけではないですよね。だから、あとから自分のしてきたことをふりかえって解釈しているだけですが、私は子どものときから言葉の外には何があるのかにちょっと興味がありました。だから外国語で書きたいという気持ちが出てきたのかなと思います。ずっと憧れていたのはロシア語ですが、私がロシア語作家にならなかったことにも歴史的必然性があります。八〇年代のソ連にずっと滞在してロシア語で小説を書くのは無理だったからです。

このあいだ偶然小学校の卒業文集を読んでいたら驚いたことに私の作文はナチスを扱った児童文学の感想なんですね。小学校時代にドイツに関心を持っていたという記憶は全くありません。でもドイツと日本の近代史にはもちろん関係があります。だから日本のことを考えていてドイツに行き着くこともある種、必然でしょう。それから、ドイツ語のきょうだいみたいなオランダ語からの翻訳を通してできてきた日本語の近代をつくる漢語にも興味がありますし、ドイツ語は第二次世界大戦前の日本の第一外国語ですからね。英語になる前の日本はどういう風に西洋にとりくんでいたのかにさかのぼって考え直すという意味でもドイツ語は日本語にとって特別意味のある言語です。

日本の学校教育では日本語というものを、なにか一つのべったりとした言語として教わったんですが、一筋縄ではいかない色々な文化がボコボコと埋まっています。それをもうちょっと具体的に飛び出させてみたいという欲望もありました。

リービ 「夢の島」は東京の有名なゴミの島だけど、そのゴミの中にもいろいろな宝物が見つかる。これも多和田さんの印象的な比喩ですが、日本語には確かに、さまざまな宝物、外国語の要素が最初から入っています。それも明治維新とか、GHQの占領下からではなくて、『万葉集』の時代、七世紀以前に大陸の文字を取り入れて、大陸では考えない独創的な手法でそれを使ってきた。

ぼくは十七歳で初めて日本に上陸して、直接日本語を聞いて、少しずつ文字を知るようになってから、それを共有したいというか、自分もこれで話したい、いつか書きたいと、ある種の表現欲が生まれたんです。

文化の肉体としての言語

リービ 一人の青年にそういう欲望が生まれるときに、世界の中で、少なくとも先進国の中で日本がどう違ったかというと、まず日本の国内から、外国人に日本語が書けるはずがない、むしろ日本語を理解することすら生物学的に不可能であるという強いメッセージを受けとりました。逆に、アメリカの中では、西洋中心主義的な態度で、せっかくアメリカ人に生まれたのに、なぜそのような周縁の国の言葉に魅かれるのかと、ほとんど軽蔑のようなメッセージを投げかけられた。

でも、今申し上げたように、最も排他的、周縁的に見える日本の、その文化の肉体である言葉は、実は世界で最も外国から多くを取り入れてきた。とりわけ大陸の文化とのやりとりは、日本語の生命ですね。その日本語を、なぜ外国人が使えないと決めつけるのか。もしかしたら、オープンだからこそクローズドなイデオロギーが近代に生まれたのかもしれません。ともかく、ものすごく面白い矛盾を、ぼくは身体的に感じてきました。

多和田　閉じていることと文化的に自由に何でも入れてしまうことは、コインの表裏のような関係にあると思います。閉じているからこそ、いくらものを入れても不安を感じない。

たとえばドイツで「日本ではカツレツだってよく食べる」と言うと、「えっ、カツレツは日本のものじゃないでしょう」と驚かれることがあります。食事のときは椅子に座る、朝食にトーストを食べる、というようなことを話しても、同じ反応が返ってくる。確かにそれは日本古来のものではないけれど、だから日本文化が消滅した、と嘆いている人は日本にはあまりいません。

ヨーロッパのように人間の往来が盛んなところだったら、ほかの文化を自分が取り入れるときも、それをもともと所有している人が近くにいることが多い。たとえばもともとパンを食べていなかったのにパンを食べるようになったら、自分たちがパン族に文化的に征服される危険がないのかが気になります。大げさに言えば、自分のアイデンティティーがゆらぐんじゃないかとか、ある程度心配するわけです。でも、日本ではあまりそうは考えないですよね。本当に異なるもの、文化的な他者が見えないところで、安心して何でも取り入れている感じにも思えます。

リービ　実際には、表現の言葉としての日本語の中に、我々はもう入ってしまっているんです。日本人として生まれなかった人たちが、入り込んで参加しているのが現代だと思います。たぶんそれは、徳川以来の歴史にはなかったことです。在日文学という偉大な流れもあるけど、それともまた違うでしょう。

ぼく自身は、デビューしてからのある時点で、日本社会から受け入れられるかとか受け入れられないかとか、そんなことで一喜一憂しないで、日本語によって書くべき内容と文体に専念することを決めた。そのとき、「私はドイツ語そのものの歴史に参加している」という多和田さんの発言に、地球の反対側から勇気を与えられたことをよく覚えています。

ヨーロッパのことはよく分かりませんし、日本だってどうなるかはけっして透明ではない。ただ、非西洋で初めて西洋に対峙できるような本格的な近代文学が生まれた国、だからこそ、西洋人もアジア人も含めて、ネイティブでない作家たちが出てきたのは、ある意味では歴史の当然のなり行きともいえるでしょう。実際には、アメリカ出身の詩人にしろ、中国や台湾、あるいはイラン出身の小説家にしろ、たぶんぼくと同じで、排除されてきたうらみよりも、あるいはそういう生活上の体験の記憶もふまえて、現在、日本語を書いている、日本語を書いて日本人に読まれていることのよろこびのほうが大きいと思います。

多和田　リービさんは、一人の作家として、日本語全体に揺さぶりをかけたわけです。今日の会場には、リービさんの日本語の作品を読んでいない方も多いと思いますが、リービさんの作品は、英語を話す人間が、英語の発想から変わった日本語を書いたというものでは全くありません。日本の小説の伝統に則って、むしろ日本人の作家以上にその伝統に則りながらも、日本語の隠されていた姿を浮かびあがらせている。

中国大陸のことを書いた作品では、現代の日本では使われないような漢字が出てきて、万葉の時代から続く日中の交流が、不思議なズレの中から意識されるんです。同時に、リービさんが日本語で大陸を書くこと、中国を旅することは、幼年時代を過ごした台湾に近づくことでもあって、そのことが言葉をさらに重層的なものにしているようにも思います。

リービ　どうもありがとう。多和田さんはもちろんぼくの日本語を読めるんですが、ぼくは多和田さんのドイツ語は読めない。それで、本人に聞くのもどうかとは思うんですが、色々な形でいわゆる移民文学が存在するドイツ語文学の中で、多和田葉子はまた特殊な存在なのではないでしょうか。

多和田　日本の状況とは違って、ドイツ語作家でドイツ語が母語でない人はあまり知られていない人も含めれば何百人もいます。それ自体が多様で、誰かが特殊であとは同じということは言えないと思います。ただ、移民が実際に体験したドラマチックな人生を歴史的背景を舞台に語った物語が好まれ、また評価されるということはできるでしょう。アメリカでもそうだと思いますが、恵まれて退屈な生活をしている読者は、そういう冒険的なものを読んで感動することもあるし、小説を読むのは歴史の勉強をするためだと思っている人もいるし。

運命を背負った瞬間

多和田　『エクソフォニー』を書いたときには、私も「母語」という言葉を使っていたんですが、この「母語」とは、べつに母の言葉ではなくて、母の言葉ということにして国が定めている言葉である、つまりイデオロギー的であるとの批判が出ています。

リービ　そうそう。母語はドイツ語で muttersprache というんですね。英語では mother tongue です。しかし「第一言語」でもいいんじゃないかと考えたこともあります。

多和田　「第一言語」も曖昧ではないですか。バイリンガルにするために、お母さんとお父さんが違う言語で子どもに話しかけている場合はよくありますが、どちらが第一でしょう。両親と家で使っていた言語には書き言葉がない場合もありますが、その場合、それを自分の第一言語だと言いたくない人もいるでしょう。

リービ　あるいは、与えられた言語、でしょうか。もちろん、与えられることと自分で獲得することは、そんなにきれいに分けられないものですが。

ぼくは日本語を獲得したと思っていますが、「日本語文学」の創始者の一人だと言われると、今でも少し抵抗があります。一つのゲットー化のような感じがして。ぼくが書く日本語が、日本人である多和田葉子、あるいは大江健三郎、あるいは三島由紀夫の日本語と本当に違うのか、というわけです。

多和田　「日本語文学」は、むしろその違いは関係ない、日本語で書かれたものはすべて誰が書いても日本語文学だという意味ではないのですか。カフカもツェランもドイツ語文学ですが、ゲーテだってドイツ語文学ですよ。

リービ　日本の言説の中ではそうはなってはいないと思います。日本人が日本国家の運命を表現する、それが戦後七十年経った今でも「日本文学」であって、要するに国家の運命を背負っていない「外人」が書くのが「日本語文学」。

そうすると、たとえばアリゾナ州立大学で日本語の教科書しか読んだことのない人でも、日本語文学は書けることになりますね。

でも、日本人と友達になった。愛しあった。喧嘩した。排除された。いじめた。いじめられた。そうしているうちに自分の中の日本人がきたえられてきた。日本社会との接触なしに、日本語の文学は書けないでしょう。つまり、文学は一人でつくるものに違いないのですが、社会とのつながりの中で、歴史の深層に触れながらつくられるものだということ。最初に話した、文学の移民性とかかわることかもしれませんが。

二〇一四年に出版された多和田さんの『献灯使』は、原発事故のあとに書かれた作品ですね。多和田さんが変わったとは思わないのですが、事故がなければ、あなたはあのような作品を、あのあいう形では書かなかっただろうとは思った。だからびっくりしました。

多和田　先ほど、「運命を背負う」と言われましたが、福島で原発事故が起きたとき、私はもう日本に住んでいなかったし、これからも住まないかもしれないのに、どうにかしなきゃならないと感じたんです。それは理屈ではなくて、身体の中から溢れてきた。ヨーロッパがよくなるためには何でもしたいという思いもあるにはありますが、これほど直接的に重い運命を背負っている感じになれるんだろうかと、そのとき疑問に思いました。そう思ったのは初めてでした。

「体験の跡」を読む

リービ　『献灯使』は、「すごい」という日本語だとちょっとつまらない、とても重みのある作品でした。

幾つかのポスト3・11文学の試みが日本の中にあって、この作品もその一つですが、「外来語を禁止する」という設定は、サブテーマにとどまるものではなくて、日本の一番本質的なことを描いていると思いました。言葉が文化の肉体であるとすれば、言葉の病、あるいは言葉の深刻な障害を起こす病理によって、現代の日本を書いた。一読者としてそういうふうに見ました。

多和田葉子がドイツに来て、ドイツ語でしか書かなかったのであれば、いくら福島での事故のことを詳しく理解できたとしても、『献灯使』のような作品は生まれない。日本語の運命を背負う一つの個人の歴史が、血肉化している感じがします。

多和田　『献灯使』は、日本語と切れていたらもちろん書けなかったでしょうし、同時にドイツに住んでいなかったら書けなかったと思います。

日本が震災のあと鎖国しているように見える、その感じ方自体は、海外に住んでいる日本人の多くが感じていたことだと思うんです。でも当時それを日本に住んでいる日本人に言って、「えっ、そうなの?」と驚かれたこともありました。

　事故のすぐあと、「不死の島」という短編を最初に書いたんです。これを今すぐ書かないと、と感じたことを切羽詰まって小説にしたんですが、その後もこれだけでは終わらないという気持ちがあった。それで、そのあと福島に行って、そこで暮らす人たちと話をして、『献灯使』を書きました。

リービ　読んでいて思ったのは、ドイツ語に身をさらした、日本の外に出て、日本語の外の言葉で文学をつくった人が日本語に戻って来て書く。そうした体験の跡は、ドイツ語を読めない私たちにも感じることができるということでした。バイリンガル体験があってのモノリンガル表現と言ったらいいのか、そこには、これだけ日本語を意識している、ネイティブなのに獲得の爪痕が感じられます。

多和田　私にとっても、すでにどこかにある日本語ではなくて、形のない日本語の意識みたいなものを絶対に捨てたくない、むしろ捨てることができない、それはあると思います。

　日本語の全く外にあるもの、はるか遠くにあるドイツ語を探ろうとしてきたわけですが、身体なしでは探しに出かけられない。その、持っていかなければならない身体の一つが、形なき日本語です。

　日本語を使って育ってきた場合、たとえ具体的な表現とか使い方を忘れてしまったとしても、日本語に基づいて、何を冷たいと感じるか、熱いと感じるか、あるいは空間をどのように感じるか、そういう意識だけは残ることがあるのではないでしょうか。「お湯」を感じることはあっても「熱い水」を感じることはできない、みたいな。大人になって覚えた言語は、その前に覚えた言語を土台にしてとりいれているのではないでしょうか。

先ほど皆さんにお話ししたように、リービさんは、英語と日本語という二つの言語の対立であるとか、両者の往還から小説を書いているわけではないですね。でも、日本語、英語、それから中国語と三つの立脚点を持っていることは、きっと重要なことだと思うんです。日本語を中国大陸との関係の中でつくられていった文学言語としてリービさんがとらえることができたのは、案外、英語の存在があったことが大きいと見ています。

リービ　そうですね。西洋の言語より、やっぱり中国語と日本語の関係のほうが、ずっと長くて深い。それに二者の関係ではどうしても優越とか劣等の視点になってしまうので、もう一つの軸と出会って、模範的な日本語を書くという意識から解放されて、より大きな日本語を書けるようになったと思います。現代の「遣唐使」みたいになって、日中関係を新しい目で見るようになった。

最近、ぼくはもう一つ、究極的な日本語の場所として台湾のことを書いたんです。アメリカからも中国からも日本からも複雑な影響を受けた一つの島の中で、世界が見える。それがぼくの子ども時代だったということを『模範郷』で書きました。

ぼくは「日本独自の」といわれる私小説を書いてきた。しかし書いている「私」は日本国籍ではない。日本人と見なされない人間が「私」を書いているんです。あいまいな日本、美しい日本の、日本人として生まれなかった「私」をずっと追求してきたということです。

多和田　結論的でいいですね、これは（笑）。

協力＝ウィーン大学　イーナ・ハイン教授

東アジアの時間と「私」

温又柔

温又柔……おん　ゆうじゅう

一九八〇年、台湾台北市生まれ。三歳のときに家族と東京に引っ越し、台湾語混じりの中国語を話す両親のもとで育つ。二〇〇六年、法政大学大学院修士課程国際文化専攻修了。在学中に川村湊、司修、リービ英雄らに学ぶ。〇九年に「好去好来歌」ですばる文学賞佳作、一五年に『台湾生まれ　日本語育ち』で日本エッセイスト・クラブ賞を受賞。一七年には『真ん中の子どもたち』が芥川賞候補となった。他の著書に『来福の家』『空港時光』がある。

――今日は、実は初の師弟対談でもあるということなのですが……。

温　はい。きのうは初期の作品を含めてリービさんの小説を読み直しながらどういう発言をしようかと思案していたのですが、この楽しさは、ゼミの予習をしていたとき以来だと思っていました(笑)。ただ、大学院のときは、リービ英雄以外の、たとえば李良枝《イヤンジ》や安部公房などの作品を皆で討論していた。ご本人の作品について、それも最新作のことを先生本人に聞く機会は、今日が初めてだと思います。

リービ　だんだん緊張してきました(笑)。

なぜ大陸に通いつづけたか

――温さんは『模範郷』をどんなふうに読まれましたか。

温　経験と記憶と言語化の闘いのような紀行文だと思います。小説として刊行されていますが、私はもっと素朴に、リービ英雄の日本語、文そのものとして受け止めました。

この本の中でも書かれているように、リービさんの五十二年ぶりの台中訪問をドキュメンタリー映画として記録しようということで(二〇一三年完成『異境の中の故郷』)、私も同行者の一人としてついて行きました。台中の三月の陽光のなか、かつての「自分の家」を探すリービさんを追いかけながら、カメラを回している監督の大川景子さんも、詩人の管啓次郎さんも、その場にいた皆で、ある興奮を共有していたと思います。「近い将来、この瞬間が日本語にされるだろう」、そういう出会いの予感が胸に兆していた。それが二〇一三年の三月で、最初に「模範郷」が「すばる」に載ったのは二〇一四年の七月（八月号）のことでした。

リービ　いつも、体験してから文学になるまで、二年くらいかかるんです。何かが起きたとき、直後に書く作家もいるし、ヘミングウェイはあまり待つとだめだと言っていますね。でも、初めて北京に行って『天安門』を書いたときも、『千々にくだけて』のときもそうでした。二〇〇一年九月十一日にアメリカに着陸しようとして、機内で足止めされた。もしもその直後に五、六枚のエッセイを新聞社から頼まれていたら、すぐに書いて、それでおしまいにしていたかもしれない。たまたまそういう依頼はなくて、文芸誌にゆっくり書いていったら、事実そのものに基づいたノンフィクションの色彩もある、けれどもエッセイでもない、そういう作品ができた。

紀行文なのか、小説なのかということは、実は今回の本を出版するときも、よく分からなかったんです。はじめに標題作の「模範郷」を書いたときは、長めのエッセイになるのかなと思っていたのですが、書き進めるうちに、その枠からはみ出て、だんだん小説らしくなった。かといって、仮構された古典的な小説でもない。すべてが実話で、たとえば、ぼくは以前、安部公房の遺族の方と彼が少年時代に住んだ中国東北部、旧満州の日本人街を訪れたことがありますが、台湾の大学でその体験――世界文学の大作家の、荒野の中の「故郷」という原点を見たこと――を講じている、そんな内容をそのまま含みながら書いています。そうした語りの二重構造というか、批評的な要素も、かなり自由に盛り込んでいきました。

――自分が同行者として作中に登場する場面をお読みになって、温さんはどんなお気持ちでしたか。

温　先生の本の中で、私が「リービさん、タクシーが来たわよ」と言っているのはやっぱり不思議な体験でした(笑)。

リービ　「来たわ」だったかな。

温　実際は「先生、タクシー来ましたよ」だったのではないでしょうか。でも、リービ英雄の文章の中で喋っている温又柔がそのような言葉遣いをしているのは、とても気に入っているんです。

リービ　重要なのは今おっしゃったことで、これは温さんの一つの表現に過ぎないんです。あなた自身ではない。

温　まさにそうです。もしも「リービ英雄にため口きくとは、なんて無礼な弟子なんだ」と怒られたらそう言うことにします(笑)。

ただ、その実際の会話とはズレのある「わよ」といった表現が、紀行文とフィクションとの境目のような気もします。形式の問題と関わって、ノンフィクションとフィクションの境界ということもお尋ねしたいと思っていました。「模範郷」の冒頭で登場する、河南省の山奥の村は、前作のノンフィクション『大陸へ』の舞台となったところですね。

細い村道を行くモーターバイクの後ろに乗ったリービさんが、ある告白をすることで「模範郷」は始まっています。バイクを運転する農民の男に、「五十年前に台湾にいた、ぼくの故郷《グーシャン》だった」、そして「五十年前の台湾のような風景をかいま見るために、現代のあなたたちの村にぼくは来た」。ほとんど唐突に、なぜこれまで大陸に通いつづけてきたかを語っています。

リービ　五十年前の台湾が今の大陸奥地の農村に似ているというのは、たぶん、厳密な経済史からするとまずい発言だと思う（笑）。でも、彼はおどろいた様子でいちど振り返ったあとは、まあ、そういうものなのかなという感じで、「台湾の方が進んでいるんでしょう」とおおらかに受け止めてくれた。だから許されたというか、大陸の農民との出会いがあって台湾に行けた、そういう不思議な気持ちになりました。

今言われたように、「模範郷」は大陸でつくったノンフィクションの文体で始まるけれども、きわめてパーソナルな、私小説的な語りに入っていきます。私小説的というのは、台湾にいた八、九歳のときに親が離婚すると分かって、自分は、この家を永久に去ることになるだろうと予感した、そういうひとつの原体験を描いているということです。

失われた家の記憶

温　やはり「模範郷」のなかで、芸術のインスピレーションは、子ども時代との「記憶の回廊」に存在する、というイングマール・ベルイマンの言葉が引かれています。ベルイマンに限らず、文学者でも創造の源泉は子ども時代にある、と語る方は少なくないですよね。人間は一個の精神のなかに子どもと大人を同時に持っていて、その子どもの部分で芸術を創造する、といったような。

リービ　子ども時代の記憶を、「現在形」のように保ちつづけているということです。

温　「模範郷」は、大使館づとめのアメリカ人のお父さんをもち、植民地時代に日本人が台湾に造った家に住んで、そこで李香蘭が歌っていた「支那の夜」のレコードを聴いて……と、政治的な背景を強く連想させる言葉が並んでいるのに、政治的なニュアンスはほとんど前面に出てこない。なぜかと考えると、人間にとって一番普遍的な幼年期の思い、個人的な、大切な部分での動揺を書かれているからではないかと思いました。

リービ　たくさんの人から感想をもらって気づいたのは、現代人には皆「失われた家」の記憶があるということでした。それは田舎の家だったり、今いるマンションの前に住んでいた東京の家だったりするんだけれども、現実から消えたもう一つの家を、心のなかにもっている。

ぼくの場合はいろいろな要素が入って、いわゆる国際的になってしまったんですが、「模範郷」のコアにあるものは、何かの理由で五歳から十歳までいた家を失ったことです。失ったあと、四十になっても、五十になっても、六十になっても、それを忘れることはできない。ただ東アジアの経済史は知っているから、西洋以上に、自分の家どころか辺り一帯が違う景色になっている可能性が高いことも分かっていた。それで台湾へ行くのをずっと恐れていたのに、なんとなく恐れを超えて行ってしまったというのが、二〇一三年のあの旅でした。

一般読者の感想として、または何人かの批評家の指摘としてよく言われたのが、「模範郷」の最後に、台湾の原住民（先住民）の家のエピソードが出てくることで、作品にまた違った奥行きが生まれたということ。「原住民の帝国」だったという台湾の古代、家とはどんなものだったのか、原住民作家のワリス・ノカンに尋ねる場面です。彼は、本来の原住民は山の斜面に小屋を建てて、家父長が亡くなると、それを潰して、別の山に移った、そう丁寧に答えてくれた。その知識に対して、家が突然潰されて、見知らぬ山に移されてしまったら、子どもはどんな気持ちになったのか、迷いを感じなかったのか、そう心のなかで尋ねて、この作品は終わります。もしかするとワリス・ノカンからは、答えをもらうというより、最後の質問をもらったということなのかもしれない。

一行、これは書きたかった、書かされたかなと思ったのは、

奥へ奥へと重なる山の時間の中で、「国民党」も「大日本帝国」も「戦後のアメリカ」も吸いこまれていった。

というところです。山ではアイゼンハワー大統領も蔣介石も消えて、ただ、暗闇がある。

温　その余韻には、子どもは自分の生まれる場所と育つ家は選べない、そういう、家そのものへの問いが残されていると思いました。

リービ　「模範郷」では、個人的な感性を無意識のうちに極めた場面も、歴史、東アジアの加速度的な近代化を意識して、そうした言説を含む場面も、どちらも抑えようとはしなかった。結果として、一つの新しい形式の模索になったのかもしれないと思います。

「書かされる」ことの興奮

リービ　ぼくが接してきた日本の純文学作家たち、今生きている人も、そうでない人も、彼らから一貫して聞いたのは、いわゆる純文学とエンターテインメントの一つの大きな違いとは、書き出すときに何が出てくるか本当に分からない、ということです。これはエンターテインメントにないとは言い切れないことだと思うんですが。『模範郷』は何か明確な意志やプロットをもって書いたというより、わりと強度のある体験をして、その出来事に引きずられて「書かされた」という感じでした。

最後におさめられた短篇「未舗装のまま」の、映画館の場面は、『天安門』でも書いたことがあったのですが、漠然と「台中のダウンタウン」を書きはじめたら、日本の植民地時代からあった大きな映画館へ父とともに向かって、白人は自分たち二人だけ、黒髪の客で満席で、席がすごく狭いとか……五十年前の記憶が次々と浮かび上がってきた。これが、文学を書くことの一つの特徴なのかもしれない。温さんも、たぶん感じることがあると思う。

温　書くという行為そのものに引きずられながら日本語を手探りする感覚は、リービさんから教わった最も大きなことの一つです。私はもともと小説を書きたいとは思っていましたが、リービさんとの出会いに触発されて、何かを書いているというより、何かに書かされている興奮の中で日本語と向きあえる素材が自分にはあると発見したように思えます。

今回の『模範郷』で一番鮮烈だったのは、二つ目の「宣教師学校五十年史」で、河南省の鶏公山と台中の宣教師学校、それぞれ別々の場所が、書き手の体験を通して結びつく瞬間でした。あらすじを説明するのが難しいのですが、台中への旅の終わりに、みんなでリービさんが昔通っていた宣教師学校を訪れた。タイトルにもなっている「宣教師学校五十年史」は、その母校でリービさんが手に入れた文集です。そこにおさめられた卒業生たちの回想文を読んでいくと、実は、リービさんの同級生や先輩にあたる生徒たちの多くが、大陸生まれだったことが分かった。

リービ　ぼくより二、三歳上の先輩は、「リチャード」も、「ベッティ」も「ジョーセフ」も、みんな湖北省とか、山東省、西安や成都の出身だった。阿片戦争以来、西洋列強が中国へと進出して、宣教師たちが大陸の奥地にまで村を築くようになった。彼らはそこで生まれたわけです。

ところが一九四九年を境に、共産党によって宣教師たちは台湾へと追い出された。回想文の中には、「揚子江を下り、対岸から何度も共産党《ザ・コミュニスツ》の狙撃を受けて、逃げた」とか「毛沢東が、南へと襲ってきた」という表現もありました。ぼくが通いつづけた河南省の南端にある鶏公山が、台中の宣教師学校の他ならぬ前身だった、そう書いた回想文も見つかった。

温　英語で書かれた回想文にある「KiKungShan—Rooster Mountain」が、短篇の冒頭に出てきた「鶏公山」つまり「ルースターマウンテン」で、リービさんが「中国の軽井沢」と呼んだあの避暑地だった。そのことに結びついたときに、風景と風景が言語を通してこんな出会い方をするんだ、と衝撃を感じました。

リービ　言語と言語が結びつく前に、体験と体験が結びついたということですね。

温　そこにもう一つ加わるのが、宣教師学校で覚えた「古い英語」が、リービさんの人生のなかで新しい生命を得ることになったという話です。

リービ　モリソン・アカデミーは、旧約聖書と新約聖書を、現代語訳でなくて、三百年前のキング・ジェームズ版で朗読するという原理主義的な教育を行うところだった。聖書の朗読を通して、「sky」(空)と覚える前に「firmament」(穹蒼《みそら》)のつづりを覚えさせられていたんです。教会とはほとんど縁がなくて、民主党系リベラルだった親は「神、穹蒼を……」と唱える子どもに唖然としていました。

でも、ぼくが二十代後半で『万葉集』と出会ったとき、「ひさかたの　天の河原に」という日本語から「far firmament」がスッと浮かんだ。台湾で習った、子どもには大きすぎる言葉が、もう一つの島国の、もう一つの「創世を歌った古い言葉」を読み、英訳するうえで生きたと書いています。

ぼくは作家として、架空の何十人もの人物を動かすような、いわゆる大河小説は書いたことがなくて、わりと狭い私小説に歴史が凝縮する、そういう作品が多い。自分にもしも才能があるとすれば、「体験する才能」なのかもしれないと思っています。一つの体験をしたときに、瞬時にこれは文学になるかを考えて、偶然を必然に変えるずるさというか……。

「分かる」と「分からない」の間で

リービ　これまで百回以上中国へ行って、いくつかの作品を書きました。大陸に通っていた初期の頃は、中国を比喩的にとらえていて、「ヘンリーたけしレウィツキーの夏の紀行」で触れた開封のユダヤ人の話は、日本と中国における外国人の比較という目で、「天安門」は、十数億人の人民の歴史と、一つの家族の話をどうぶつけるか、そういう日本文学の目で見ていた。そこから大陸の深みにはまってしまったのか（笑）、これから生きているあいだにそれ以上の小説ができるかどうか、ちょっと分からないんです。それなのに、台湾にはたった二日間いただけで、「模範郷」が生まれてしまった。

温　先ほど、大陸の農民との出会いがあって台湾の旅に行けたとおっしゃっていたように、やっぱり、大陸へ通ってから台湾を訪れたことが大きいのかなと思います。「宣教師学校五十年史」でも、大陸と台湾、あるいは四九年以前と以降が結びついて、台湾から、日本を含む東アジア全体の歴史――まさに「阿片戦争へさかのぼる膨大な時間」を見る視点があります。ただ、この宣教師学校での出会いの意味は、旅の途中では分からなかった。私を含めた同行者一行はリービさんにとっての「幻の家」が幻でなかったことのインパクトが大きくて、そのことに心を取られていました。

リービ　あなた方が気づかなかった、あるいはぼくが言えなかったのは、台湾の中をめぐりながら、常に大陸のことを思い出していたということです。あれだけ大陸へ行ったのは何だったのか、そう考えていた。

台中でミニバンに乗っているとき、大きな空き地の地平線の彼方に、建設中の高層マンションがいくつも林立しているのが見えた。それで仲間の誰かが「すごい」と言ったんだけど、すぐ

「いや、大陸ではもっとすごいのをたくさん見た」、そう答えたんです。大陸では、一つの村をまるごと強制退去させて二十棟ぐらいの高層マンションをつくるような風景を嫌というほど見てきたから。

台湾では、今温さんも言われたように、そこが阿片戦争以来の大陸百五十年史の果ての地であることを、身体的に感じていました。大陸の奥地にまで入り込んでいた「解放前」の宣教師たちに対しては、自分と同じ人種だからこそ、ある拒絶感があったし、その拒絶感と同時に、その宣教師学校を自分も知っている、そういう既視感もあった。日本、中国、アメリカが交差する場所という意味でも、台湾は、まるでぼくを待っていてくれたという感覚がありました。

ただ、そのあとの半世紀を超える台湾の、「国内」と言うべきなのか、「省内」とか「島内」と言うべきなのか、領域内の社会変化、つまり外省人のアイデンティティーが台湾のアイデンティティーを事実上代表していた一九五〇年代の、その後の半世紀の現代史は、自分の時間というテーマを書くなかではほとんど言及できていません。自分がそこを離れる一九六一年の春までの台湾が、あくまでもぼくにとっての台湾だったということです。

温 本当にそこはデリケートなところだと思います。台湾の歴史の中には、複雑な、それぞれの立場の記憶や体験が渦巻いている。私は台湾のことを思うとき、子どもの頃の言語以前の記憶とか、親から中国語や台湾語で聞かされた内容もあれば、大人になってから日本語で書かれた本を読み学んだこと、あるいは台湾人の友人が日本語や中国語で聞かせてくれる話の印象もまざりあっています。だから台湾の問題に対して「一体、あなたはどう思うんだ」と問われても、そんなにすっきりした答えは出せない。リービさんが言われたように、作家として、「私にとっての台湾」という言い方しかできないんですね。

リービ　だから、知らないのに知っているふりをしてはいけないと思う。分からない、ということを正直に書けばいい。以前、大好きな大陸の作家である閻連科さんと対談をしたときも、読者にまだ分からない、すべては未解明であると言えるのは実は素晴らしいことだ、そういう締めくくりになった。ようやく六割くらい河南の方言が分かるようになったけれど、大陸の農民について、十割分かったふりをして語るのは、文学者として非常にまずい。常に「分かる」と「分からない」の間にいる。人間の本当の体験というのは、そういうことだと思う。どこまで分からなかったかを厳密に厳密に書けば、世界がリアルに浮かび上がるはずです。

「距離」を言葉にする

リービ　温さんの『台湾生まれ 日本語育ち』でも、台湾への親しみと距離が同時にあって、とても文学者らしい姿勢になっていると思います。

今もよく憶えているのは、二〇〇五年に、津島佑子さんがリーダーだった日台作家キャラバンにぼくも温さんも参加したでしょう。そのキャラバンで台湾の東海岸を下っていくと、電車の窓から海岸沿いの崖がずーっと見えた。それで、親父と一緒に台湾南端の鵝鑾鼻《がらんび》近くの危ない道を行ったことを思い出して、亜熱帯の地域なのに、日本の陸中海岸を思わせるような、灰色と白色の中間の崖、その景色に本当に圧倒された。何というフォルモサ（ポルトガル語で「美しい」、台湾の異称）、何という美しい島だと思って、そのとき温さんに言ったのが、「ここはあなたの国でもある」、ということだった。

ぼくが台湾を訪れたのはたぶん四十三年ぶり、温さんが東海岸を旅したのも、初めてに近かったと思うんだけれども……。

温　はい。ほとんど行ったことのないところで、台湾には自分の知らない、こんなにも豊かな景色があるんだとびっくりした。

リービ　温さんは、たしかその頃に、自分は台湾人だけれども、自分にとっての台湾は、日本のお土産をいつも持っていく、おばあさんの住む台北のマンションだけ、そういう話をしていた。でも、その台湾の国籍を担っている。自分にとって台湾は何なのか。それぞれの内面には台湾という場所がはっきりあるのに、あくまで外部にいる人間として、台湾にアプローチしている。その点では、ぼくたちのあいだに共通するものがあるのかなと思います。

温　このとき私はまだ大学院生で、通訳のお手伝いもかねて作家キャラバンに参加したのですが、東京でずっと暮らしてきたのに、自分は日本人でないということにちょうど悩んでいました。日本は一つではないと思うし、自分のような日本人がいてもいいはずだと感じる一方で、どんなに日本語が自分の感性として染み込んでいても、私は日本人として認められないのではないかと考えていた。そういうときに、日本語の作家で、日本の作家であるリービ英雄が世にも美しい景色を指さして、「ここはあなたの国でもある」と言うんですよ。その日本語が自分にとってどれだけ大きかったか。

これは今もそうですが、私は台湾に対しても、日本に対しても、距離を感じる。どちらに対しても、自分のものなのに、自分のものでないという感覚がある。かといって日本の現在に対して「私は日本人じゃないから、この国がどうなろうとかまわない」とはまったく思えないし、台湾に対してもそうなんですね。今年一月の台湾の総統選挙では初めて投票にも行きました。ただ、投票はできても、そこで育たなかったというのがあるからか、自分はここの一員であると思いきるのにはためらってしまう。でも、そうであるからこそ、台湾と自分との距離を日本語で言語化しようと意気込むときに私は、言い知れぬ安らぎを覚えるんです(笑)。たぶん、「ここはあなたの国でもある」という、リービさんのその日本語を台湾の東海岸を走る列車の中で聞いたあの瞬間、私と台湾、そして私と日本語の本当の関係がはじまったように思います。

リービ　ぼくもあの瞬間、そういうせりふを言える相手がいて本当によかった(笑)。口にして初めて自分でも、この島は自分にとって何なのかということを意識させられる。

温さんと出会う前にも、在日台湾人の友達がいました。たぶん彼らも、台湾籍、中華民国籍だけれども、十年前の温さんのように、台湾はただおばあさんの家のあるところ、という感覚でいるように見えた。それに対して、ぼくは「じゃ、日本人でいいじゃないか」と、日本人にだって色々な出身の人がいるんだから、そういうふうに考えていた。

でも、温さんは、たぶん新しい世代であるということと、その個人的な文学への姿勢、両面があって、結局おまえは何人であるとか、そういう結論に単純には行かない。より複雑な、豊かな問題を文学にしようとしている。そういう姿勢をもつ人には、出会ったことがなかったと思います。

文体と政治

温　リービさんと毎週のようにゼミで話し込んでいた二十三、四歳の頃に私は、自分が日本語でできることは何だろう、自分の書く日本語って一体何だろうと考え始めました。そしてそれは小説家を本気で志すようになる時期と重なっているんです。

その問いを突き詰めると、やっぱり曽祖父母とか祖父母の世代、つまり日本統治時代の台湾も絡んでくる。「中華民国籍」という言葉も一筋縄ではいかなくて、日本にいると「中華民国ってどこ?」と今も聞かれることがありますが、私も子どもの頃から、自分は台湾人のはずなのに、なぜこんなに自分は「中華」と縁のある感じがするんだろう……そう思ってきました。私の両親がそうなんですが、リービさんと同世代の普通のいわゆる台湾人、中華民国人は、蔣介石の夢を共有させられて育ってきた。映画館でリービさんが観た光景、「三民主義」の国歌が流れる中で、台湾からの光が大陸の、モンゴルの一帯までひろがっている、そういう夢です。今の拠点は、あのイモのような形をした台湾でしかないのに、その範疇をはるかに越えたものを「あなたたちのものですよ」と念を押されながら育った。要するに国民は皆、まず中国の歴代王朝、それから中国大陸の地名を覚えさせられるんです。

うちは父にしても母にしても、政治的なことはめったに口にしませんでした。たぶん、そのめったに口にしなかったことも含めて、私が自分の親の世代の台湾人たちが歩まざるを得なかった時代を書こうとするのなら、台湾のことだけでなく、台湾と中国の関係、それを支える冷戦構造、そうした要素を取り込まなければならないと思うんです。

リービさんは『模範郷』で、自分の極めて個人的な物語を書いていると同時に、その背後にあるアメリカとソ連も含めた東アジアの近現代史を織り込んでいる。そうならざるを得ないんですよね。改めて思うのは、確実に日本語でしか書けない文体なのに、日本のことだけを書いた内容ではないことの意味なんです。先ほど、ご自身でも私小説に歴史を凝縮させるとおっしゃっていましたが、みずからのリアリティを書くことで日本語の可能性を問うリービさんの実践は、偏狭なナショナリズムがはびこる昨今の日本に身をもって対決しているような、文学による一種の抵抗であるようにも感じられるのです。

リービ　どうもありがとう。何と言ったらいいかな……何を言っても政治的にヤバイという感じがします(笑)。

でも、文学を書けば、それがそのまま前衛になると思っていたのが、今、政治的にとてもきつい時代に――ならないかもしれないけれども――なる可能性が出てきている。ただ、アメリカの大統領選にしても、東アジア情勢にしても、ぼくたちがそれについて何か言おうとすると、やっぱりアメリカ人、台湾人の意見、という扱いになるわけで、そういう対話にはしたくない。日本文学を書いている台湾人と日本文学を書いているアメリカ人が世界を語りあう、そういう対談になるのはいやなんです。

むしろ、そう読まれないために、文体をつくっていかなければいけない。政治的にうまくいっている時代よりも、政治的に非常に危機的な時代だからこそ考えさせられます。

温　考えますね。私がもしも日本人だったら問われないようなことも、ただ日本で別の国籍をもって暮らしているだけで何かの発言が政治的になる。それは、すごく窮屈なんですね。

日本語を一行書いただけで政治的と見なされるような緊張感の中で、より開かれた、より多くの読み手がその文体に魅かれるものを目指したいとは、強く思っています。

パール・バックをめぐる問い

――三作目の「ゴーイング・ネイティブ」では、これまで議論されてきた東アジアの歴史の重層性に加えて、パール・バック論を通して、西洋人がアジアを書く、そうした文学の課題を扱っています。
温　「宣教師学校五十年史」のあと、「ゴーイング・ネイティブ」の構想はわりとすぐにできていたんでしょうか。
リービ　「ゴーイング・ネイティブ」は、わりと有機的に「宣教師学校五十年史」から生まれたものではあると思います。パール・バックは宣教師の娘として幼少期から大陸で育った。そして自分の見た中国の農村を圧倒的なディテールで書いて、ノーベル賞作家になった。ぼくが通った台中の宣教師学校は、そのパール・バックの世界が、一九四九年のあとに亡命してきたところだったとも言えます。

「ゴーイング・ネイティブ」というのは、ネイティブに転じるとか、ネイティブになる、そういう意味です。これはポストコロニアル批評の中で最も微妙な問題の一つだと思う。この言葉には、外国人のくせにネイティブぶる、もっと言えば「金髪の占領者が日本語も喋れないのにキモノを着る」、そういうエキゾチシズムが伴っていて、「白人社会」からも「土人社会」からも軽蔑の対象とされてきた。

でも、本でも書いているように、香港の国際比較文学学会で講演をしたとき、学会のパンフレットに書かれている「ゴーイング・ネイティブ」をとらえ直そうとするパネルディスカッションが目にとまった。パール・バックを例に、人種上は西洋人でありながら文化上はアジア人として生きて文学を書いた作家を考え直そう――そうした新しいアカデミズムの潮流にふれたことが、『模範郷』でパール・バックについて書くことになった一つのきっかけでした。

温　パール・バックの散文のリズムについて、「パール・バックが中国語で思考しながら英語で書いたことの直接の結果なのである」という一節が引用されています。母語で体験しなかった出来事、母語を通して理解しなかった世界を、母語でまた描き出す。パール・バックはその作業を行っていたわけですね。

リービ　ぼく自身、都会に住む中国人の多くが「おくれている」と見なすような貧しい農村に二十年近くも出入りしていて、その一人を作品の登場人物にしたぐらいだから、『大地』を読むと、すごくピンとくる。もとは中国語で書かれているのではないかと思うくらいリアリティを感じます。

ただ、ぼくは、「ゴーイング・ネイティブ」でパール・バックを再評価すべきだと主張しているわけではありません。そう簡単には言い切れない。むしろ、なぜパール・バックは中国で見たものを、中国語で書かなかったのか、その問いが重要だと思う。

本でも取り上げたパール・バックの伝記によれば、『大地』の新聞書評で、中国のある評論家は、「これまで誰も農民を文学で書いたことがなかった」と述べたそうです。その一つの背景は、ほとんどの農民が文字とかかわりなく生きていた、文字は、古典が読める人たちのものとされていたことです。見えなかった世界の半分を、彼女は確かに西洋に提供した。そのパール・バックにネガティブな評価がつきまとうのは、一九三〇年代、とめどない痛手の真っ最中、中国が国として存続できるかという困難な状況にあった時代に、「近代」と取りくんでいた知識人たちをいっさい無視して、いわゆる農村の後進性を徹底的に描いたからです。

中国政府はノーベル賞授賞式をボイコットしたし、当局だけでなく当時の知識人も「男は辮髪《べんぱつ》で女は纏足《てんそく》」、書き手がそういう面を強調していると反発した。とりわけパール・バックの評価を永久に傷つけることになったのが、彼女が崇拝していた魯迅が、中国のことを本当に書けるのは中国人だけだ——そういう聞き慣れた先入観で、『大地』を否定したことです。彼女はベストセラー作家となったけれども、一九四九年以降は中国に入国禁止処分となって、ぼくの青年時代にはすでに西洋においても「婦人雑誌で農民についてばかり書いている」「昔の白人オバさんの大衆作家」そういうイメージが定着していた。

でも、外国人があえてその国の知性、近代的な知性にはまったく触れずに奥地の人民そのものを書く。そのことを複雑にしているのは、当時の現地の知識人は、農村を、奥地の人民の暮らしを、直接に書かなかったということではないかと思うんです。だから今、たとえば莫言や閻連科という、農村出身であり、農村を舞台にした世界文学の書き手たちは、パール・バックをどう読むか。聞いてみたいと思います。

前にも話したことがありますが、ぼく自身は、魯迅を大きな例外として、長いあいだ中国文学についてはほとんど無知だった。ところが、あるとき出会った莫言の小説は、本当にスッと読むことができた。閻連科もそうです。イデオロギー的な社会主義リアリズム小説とはまったく違って、ぼく自身が河南省で体験し始めた、今でも大陸の大多数である農民の生活から出てきた文学だということを感じた。高行健《こうこうけん》の作品は、特に北京の知識人のもだえを書いているところがなかなか読み切れないのですが。何を言いたいかと言うと、こうした農民出身の作家たちがあらわれて、ついに、パール・バックの時代の構図が変わったのではないか、ということです。

一九三〇年代、九十九・九パーセントの西洋人は日本文学も中国文学も知らなかったし、当時の日本語も中国語も、西洋の支配言語からすれば、現在よりはるかに周縁的なものと見なされていた。パール・バックは、中国語で考え、中国語で書くこともできた。でも、外国人が書き手として中国語の文体づくりに加わる、そういうことが想像すらされない時代に生きていたということだと思います。

パール・バックがついに自覚できなかった、西洋語と東アジアの言葉、二十世紀におけるアジアと西洋の関係の悲哀。「ゴーイング・ネイティブ」を書きながら、そういうことを何度も考えました。

国籍で終わらない問題

リービ それで今、本当に「ゴーイング・ネイティブ」があるとすれば、それは日本語で話す、日本人の生活と一体となる……ということではなくて、その言語の文体へと飛び込んで、自分の文章を書いて、読者の判断を待つ。そういうプロセスの中に入ることだと思う。

温 人種でも生い立ちでもなく、文体の問題である、ということが重要ですね。日本人が建てた家から始まったリービさんの幼年の記憶が、一九四九年以前の大陸の時間と結びついた、『模範郷』のその日本語を読んで、私は興奮したわけですが、その興奮は、日常では遭遇することのない感触の文体で書かれていることにも由来している。

リービさんがパール・バックはなぜ中国語で書かなかったか、という問いを投げかけたとき、私は、おまえはなぜ日本語で書いているのか、そう問われているようにも感じたんです。「越境」とか「新しい日本語」というのは、形式的には簡単に言える。書き手の国籍が多様化して日本文学は豊かになってきたという言い方がされるとき、私は当事者の一人として、そのことに甘えてはいけないと思うんですね。だって、ただ国籍が違うだけで、イコール私が日本文学の枠を押し広げている、ということにはならないでしょう。一人ひとりの作家は、それぞれどんな日本語を書くかということで評価されなければならない。ネイティブたちがつくり上げた日本文学をただそれらしくなぞるだけでは、「越境」の意味はない。逆に言えば、外国籍の人が日本語を書いているからといって、必ずしもその文体に私たちが刺激されるとは限らない。それこそ日本人にも、日本語に新しい生命を吹き込もうとする作家はたくさんいらっしゃいます。私はむしろ、そういう方たちに鼓舞されながら書いています。つまり、国籍ではなくて文体の問題を分かちあえる人たち。

リービ　ぼくは最近、国際的な場でも、「日本文学の多国籍化の草分け」とよく言われます。それは重要なことだと認識していますけれども、なんだか不思議な感じもする。ぼくはそもそも西洋の特権を何とか抜け出して、現代の日本人の感性と一体となったところで日本語を書き出したから。

これは、やっぱり国籍で始まる問題だけれども、国籍で終わる問題ではない。言語体験――何語の中で、どういう形で生きているかということが、本当の問題なんだと思います。

聞き手＝編集部　堀由貴子、奈倉龍祐

路地裏の光

——島国と大陸をめぐる十五のエッセイ

III

奈良の京《みやこ》、ワシントンの涙

日本語の部屋

新宿の路地裏にある木造家屋の、その二階の和室で、ぼくは日本語の原稿を書いている。「原稿」は、文字通り、四百字詰めの原稿用紙に手書きである。一千年あまり続いた伝統の、最後の世代の、たぶん最後の作家の一人となった。漢字と、二種類の仮名と、ときにはローマ字も交えながら自分の手で縦文字をつづる。そのことにこだわるのは、ぼくが外からこの島国の表現の言葉へ入り込んできたからかもしれない。

和室に座り、原稿用紙のマスに一字一字を書き込む。しかし、その作業によって決して「伝統」を求めているわけではない。むしろ縦文字を通して世界の「今」はどのように浮かび上がるのか、それが面白い。政治学者でも経済学者でもなく、日本文学の翻訳家から日本文学の創作者への道をたどってきたぼくは、どんな国の出来事についても、日本語で表せばどうなるのか、と考えるようになった。

薄い木造の壁を通して、さまざまなことばが聞こえてくる。日本的な空間、だからこそ開かれている。石造の家なら、世界はこのようにたやすく浸透して来ないだろう。実際の声と、記憶と連想の声、日本語の声、英語や中国語の声も、ここにいれば耳にとどく。旅に出かけて、もどってくると、旅先で聞いた声音と、目に入った異質な文字が甦《よみがえ》り、いつかは日本語の原稿となる。世界を、「和訳」するように日本語で書くと、その世界はいつも新しく見えるのである。

「仮」の世界

中国大陸の、シルクロードの東の端近くでぼくは旅をしていた。のどが渇き、農民が営むレストランでミネラルウォーターを買ったら、ドブ水だった。日本から持って行った正露丸もワカ末も効かず、一人旅の巨大な田舎で恐ろしいひとときを経験した。

やがて病状が治まり、大都会にもどったとき、中国の友人から「あなたは仮水《ジャーシュエイ》にあたった」と言われた。「仮《ジャー》」は贋《にせ》の意味である。だが、「仮」の漢字を思い浮かべた瞬間、「かり」「かりそめ」という、歴史の古い日本語が頭に響いた。

急激な経済発展の中、十三億人が「仮」のものをよけながら生きていることが分かった。仮の紙幣はもちろん、仮の乗車券、仮のたばこに仮のワイン、仮の僧も、仮の軍人も、仮の新聞記者までがいるという。そして、「仮の材料」を使った餃子と牛乳製品が日本のマスコミでも話題となった。

旅から日本にもどり、大陸の「仮水」を飲んだという小説を書き始めた。書いているうちに、日本語の「仮名」も、もともとは漢字の「真名」に対して「贋文字」の意味があった、という学説を思い出した。島国の「仮の文字」によって、めざましく変質する大陸の「仮の世界」を書いている、と思って、ある種の喜びを感じた。

現代中国を日本語でつづった小説『仮の水』を刊行した直後、中国でも日本でもなく、実はアメリカの資本主義の、リーマン・ブラザーズをはじめとする、その柱が一斉に揺れ出し、見えなかった「仮」の基礎が急に、あらわになった。

ワシントンの涙

ワシントンの国会議事堂前には、何十万人の、冬のコートをまとった群衆がつめかけていた。一九九三年一月二十日だった。その日の正午前、白い大理石の議事堂の中から、遠くよりかろうじてクリントン夫妻だと認められる人物が小さく現れ出た。大空の下で二人の金髪がぴかっと光ったような気もした。

久しぶりの民主党の大統領が、南部の白人特有のアクセントで演説を始めた。何度も歓声が鳴り響いた。歓声の中、小さな静けさを横の方で感じとったぼくは、四十歳前後の黒人の女性が黙ったまま涙を流しているのを見た。

議事堂の後ろには、観光客の目には触れない、黒人の住宅街が延々と続いていた。南部の白人大統領就任式で、たぶんその住民だった一人の女性がただ静かに泣いていたのが、今でも忘れられない。

アフリカ系アメリカ人のノーベル賞作家トニ・モリスン氏がクリントン氏を「初めての黒人大統領」と称賛した。貧困層の育ちで同じような苦労を味わったから、感覚のレベルでも分かってくれる、という意味だった。限りなく「黒人」に近い白人、被差別の長い歴史のあるマイノリティーの苦しみが理解できる、差別者の末裔《まつえい》の大統領。それはマイノリティーが期待し得た最高のことだったかもしれない。

比喩的な「黒人」の前で涙を流したワシントンの女性は、あれから十六年経って、オバマ氏の大統領就任の日に、どのような気持ちになっただろうか。

オーバーマー

ワシントン記念塔の真下にぼくは立っていた。遠くには国会議事堂の白い丸屋根がうかがえた。日本の雑誌の取材で大統領就任式を見るのは、クリントン大統領以来の、十六年ぶりだった。そのときをはるかに上回る、百数十万人の群衆の、一番後ろにいた。マイナス三度の空気が顔に当たり、枯れた芝生の土から、針が刺すような冷たさが伝わった。

群衆の上にそびえる巨大なテレビ画面に、国会議事堂に到着した漆黒のリムジンが映ったとき、周りの人びとが叫びだした。オーバーマー、と。アフリカの言語の詠唱のような声が、くり返し響き渡ると、アジアの言語の呪文に似てきた。その音声は、リベラルの「クリントン」とも、ネオコンの「ブッシュ」とも違っていた。新大統領の混色の顔をプリントした小さな星条旗の海で鳴り響く音は、「ケネディ」とも「レーガン」とも異質だった。その名は、もともとは西洋語ではなかった、という日本語の思いにぼくはかられた。耳から、アメリカの何かが変わったことを知った。半信半疑の気持ちで、世界の何かが変わる、かもしれない、というもう一つの思いを抑え切れずに、黒人、白人、黄色人の群衆の中で、寒さをしのぎながら、ぼくは立ち続けた。

一つの「現代」が、確実に終わった。もう一つの「現代」が始まる、かもしれない。

オーバーマー。最初のOH!は、長く続いたうっとうしい夢から突然さめた瞬間の、驚きの声にも聞こえたのであった。

一つも、二つも、なく

新宿の路地の奥にある古い木造のぼくの住居に、実に久しぶりに白人の客が見えた。白人といっても、ぼくと似た人生で、芯まで日本語の感性に染まったアメリカの若い日本文学研究家であった。原稿用紙が散らかっている和室に座り、白人同士で、何時間も日本語の会話を交わした。

その人は、ぼくがはじめて日本語で書いた『星条旗の聞こえない部屋』を英訳することになった。母語ではない日本語でつづった小説が、母語に翻訳される。外《よそ》から日本語に入って書いた、その作品が、また外の言葉で像を結ぶ。この時代ならではの、表現の運命を感じた。

若き西洋人がぼくの小説を開き、ある個所を指した。そして突然、「これは単数ですか、複数ですか」と聞きだした。

自分が書いた日本語を、何度も読みかえしてみた。そして「分からない」と答えた。

ぼくが若い頃、逆の立場で、翻訳家としてある日本人の作家に同じ質問をしたことがあった。相手に、「分からない。われわれ日本人にはそんな区別がない。英雄君が自分で決めなさい」と言われて、困ったことを思いだした。相手は、最も「国際的」な作家、安部公房だったのである。

一つも、二つも、ない。a も the もない。ときには主語すらない。I も you も they もいない。あるいはみんながいる。日本語の「限界」は、実は英語にはない可能性でもある、と新宿の路地の奥で、考えさせられた。

山の形そのもの

今年正月のテレビ番組のために、去年暮れにぼくは旅に出かけた。近年、小説を書くために中国へ渡りつづけてきたぼくにとって、それは久しぶりの日本国内の旅だった。「日めくり万葉集」という番組で、場所は日本文化の第一黄金期の京《みやこ》であった奈良と、日本文学誕生の地となった明日香村であった。

一つの国からもう一つの国へ移動すると、おのずと異言語に触れ、異質な音声や文字を体験する。それが現代の人が味わえる言葉の大きな愉楽である。現代の日本の都市から、七世紀と八世紀に栄えた文化の場所へ旅すると、外国語でなく古代の日本語という「もう一つの表現の言葉」に身をさらすことになる。『万葉集』に収められている千三百年前の日本語を思い出しながらその風景の中で動く。どこを歩いても自分が「詠まれた自然」の中にいる。風景のいたるところに、詠まれたから伝統的になった地名がある。

取材の最後の日の夕方、若草山の頂上にたどりついた。たそがれの光に包まれた山の尾根が幾重にも連なり、尾根の上を歩く人びとの小さな姿も見分けられた。「万里の長城みたいだ」とぼくは思わず言った。建造物ではなく、「文明」の遺跡でもなく、山の形そのものが壮大なのだ。中国大陸で見た石の宮殿やレンガの城壁の記憶が薄れて、山と、河と、また山を、あきもせず表した奈良時代の島国の言葉が、もう一つの現代語のように、新しく、頭に響いたのであった。

The capital at Nara

日本の作家になる前、ぼくはアメリカで日本文学を研究していた。プリンストン大学の図書館にこもり、『万葉集』を英訳し、和歌から滲《にじ》む大和の風景をよく想像した。

二〇一〇年は平城遷都千三百年紀にあたり、その前後から、『万葉集』について話をすることがふえた。特に鮮烈な印象を与えた一首の名歌を、ぼくは必ず取り上げる。

「あをによし」の枕詞を冠した、「奈良の京《みやこ》は　咲く花の　にほふがごとく　今盛りなり」という日本語をはじめて読んだときの感慨は、今でも忘れられない。千三百年前の日本人の感情が、ほとんど同時代のような新鮮さで、伝わった。

自分の都市、自分の文化の美しさを主張している。なのに、近代のナショナリズムにつきものの暗さはなく、誰かを排他している雰囲気はまったくない。

正倉院にはペルシャの工芸品もあり、『万葉集』の歌人の中にはアジアから移住した人たちもいた。日本の歴史ではじめて栄えた「国際都市」を思い浮かべながら、ニュージャージー州にいたぼくは、「The capital at Nara flourishes now」とためらいもなく英訳することもできた。

近代国家とは違う、おおらかな文化意識を語った声が、二十一世紀に聞こえてくる。そして異文化にまで、そのことばが伝わる。

「奈良の京」を英訳してみると、逆に一つの「日本語の奇跡」に触れた、という気がしたのであった。

一億人の省

日本から中国へ行くと、北京や上海のきらびやかな高層ビル群から遠く離れた場所へ足を運ぶ。中国大陸の奥地に広がる「中原」、黄河のすぐ南に位置する河南省。そこには、ドイツと日本の人口の中間の一億人がいる。その大多数は、今でも農民である。

「河の南の省」には古代の京《みやこ》が三つもあり、歴史が濃い。しかし近代に入ってからは「貧困」の代名詞になった。出稼ぎ労働者の源、一九六〇年前後の大躍進では大勢の餓死者が出て、二十世紀末には貧しい農民が自分たちの血を売り、それを買った企業のずさんな衛生管理によってエイズに感染した。

経済に「やられた」田舎にもかかわらず、そこの人と話してみると、あっけらかんとした明るさが印象的だ。村を歩いていると、ときには太宰治が『津軽』で描いた農民を思い出し、ときには厳しい近代史を生きぬいた沖縄の老人たちの姿も浮かぶ。

「中心」から遠く離れていて、近代化に遅れ、そのために「中心」から搾取もされた。しかし、だからこそ「中心」にない文化の密度も保ち、だからこそめざましい近代文学の場所にもなった。東アジアの歴史の屈折から生み出された周辺部には、苛酷で現実的な美しさもある。河南省を舞台に、ぼくも日本語の小説を書いた。

ただ日本と違うのは、中国近代化の「周辺部」は、中国のど真ん中にある。そしてその一つの省に一億人がいる。

七百元

日本から、中国の地方都市へやってきた主人公が、止まった車の中から窓に映る町の人びとを見て、いつの間にか一人一人の月収を当てようとしはじめる。人を「数字」として見てしまっている自分に気づいて、驚く。

二十一世紀初頭の中国を舞台にした小説「仮の水」の中で、ぼくはそんな場面を書いた。実際は、中国の田舎のどこへ行っても、初対面の人から国籍、年齢の次に必ず聞かれるのは「月にいくら稼いでいるのか」。小説の主人公もついに「お金の話」に染まってしまった。

何度も聞かれたから、ぼくもあるとき勇気を出して、「じゃ、あなたはいくらなのか」と聞き返した。

「七百元」と相手がきっぱり答えた。その数字を最初、把握できなかった。一日ではなく、一月に一万円。豊かな沿岸部から遠い奥地だからか、と思った。が、中国政府があの頃発表した五億人の都市民の平均収入と一致していた。八億人の農民はそれよりさらに低かった。

日本や欧米のマスコミを彩る「上海の成り金」のイメージとは、あまりにも違っていた。「最近の中国人は拝金主義だ」という批判に対しては、「何が拝金主義だ。毎日、毎日、足りないから、お金の話をするのだ」と、今の世界で月に一万円で生きていた人が反論した。

あれから何年も経て、数字が「二千元」や「三千元」に変わった。だが、あの頃の、月収を聞き月収を告げる声が、忘れられない。中国の経済成長も、アメリカの金融危機も、日本の格差問題も、今は新聞で読むと、「七百元」という数字がくっきりと浮かび、頭を離れない。

東アジアへの移動

中国の真ん中あたり、黄河の近くには九十万人の小都市がある。北京ではほとんど消えてしまった石とレンガの家屋がぎっしり並ぶ細長い路地が、町の至る所に残っている。加速度的に「発展」する大陸の中では何十年も遅れて、「昔の中国」の姿を残しながら、街角には貧しさも漂う。「開封」という小都市は、しかし、九百年前には、世界一の大都会だったと言われている。宋の都として栄えた後に、長い衰頽の歴史をたどり、今は取り残された古都の相を呈している。

その開封の古い路地には、九百年前からユダヤ人が住んでいる。「第四人民医院」という廃れた建物の後ろのボイラー室の中に、石炭にまみれた石のふたの付いた井戸がある。それがシナゴーグの井戸だった。旧約聖書という西洋文明の基本をなしたテキストを抱え、シルクロードを経て、彼らは中国人になった。名前も「李」となり「趙」となり、聖書の言葉もすべて漢字となった。

一千年近く前に、東アジア人になった人たちがいた。

近代の百余年、たくさんの日本人、韓国人、中国人が西洋、とりわけアメリカへ移民した。人は、東アジアから近代の「中心」としての欧米へ移動した。

ぼくは、逆はどうなのか、と若いとき日本に住み着いてから、考え続けてきた。

中国の古い京《みやこ》の路地の奥で、「逆」を垣間見たような気がした。古代人による東アジアへの移動の遺跡の前で、ぼくは現代的な感慨を覚えた。

共生の路地

黄河より少しだけ南に、宋の京《みやこ》は位置している。九百年前に栄えた開封の、細く曲がりくねった路地を、ぼくは最近、よく歩いてきた。

シルクロードを経て中国人になったユダヤ人の遺跡を探していた。そして古い病院の薄暗い敷地の中で、仏教寺院風に造られたというシナゴーグの井戸を見た。

ある日、その敷地を出て、つい最近までそこに住んでいたというユダヤ人の路地を歩きだした。長くもない路地の突き当たりまで行くと、もう一つの風土が目に入った。

石とレンガの家屋はどれも、門に、漢字ではなくアラビア文字が丁寧に書かれていたのであった。さらに歩き続けていると、すれ違った女性は頭に白い覆いをかぶり、男性の多くはあごひげを生やしていた。

ユダヤ人の路地は、イスラム教徒の路地と隣り合わせだった。

小店で、イスラム教徒の老人と話した。老人は、少年時代にユダヤ人と友達になり、よく遊んでいた、と言った。穏やかな声を聞いて、九百年間、ユダヤ系アジア人とイスラム系アジア人が、もめごともなく、共に暮らしていた様子が、極めて具体的な像を結んだ。

白いあごひげの顔をうかがっているうちに、中近東で起きている「世界一の民族問題」の血なまぐさい映像が、急に頭を横切った。「一緒に遊んでいた」と語る老人の回想が、不思議な重みを持ってぼくの耳に響いた。

日本から中国へ渡り、また日本に戻ってくると、日本からアメリカへ行ったとき以上に、日本文化のさまざまな側面について考えさせられる。特に、文化の肉体である言葉の発見や再発見が多い。

中国から日本に戻った後数日間は、漢字を非常に鮮明に意識する。日本と中国では読む内容も字の形態も違う。なのに、漢字を読む能力が上がったかのように、漢字一つ一つがはっきりと浮かぶし、書けなくなった字も久しぶりに書けてしまう。

養老孟司氏と対談したとき、漢字を認める脳の個所は仮名を認める脳のそれとは違う、と教えてもらった。中国では、どうも「漢字の個所」がひたすら刺激されたらしい。十七歳までカタカナもひらがなも読むことのなかったぼくは、たまたまそれまで「仮名の個所」を使わなかった、という。白人だろうが黒人だろうが、人間の脳は「日本語を読む」潜在的な能力がある。対談の最後に、「『万葉集』を読むアメリカ人の脳を、見てみたい」と鋭い解剖学者に言われて、ぼくはどきっとした。

どの子どもにもバイリンガルになる可能性がある、とよく言われている。それはしかし、話し言葉の次元である。十代の終わりごろ初めて漢字も仮名も認めて、自分の「日本語の脳」に遅ればせながら目覚めて以来、人類が創り出した多様な文字によって、自己も他者も表現するという、もう一つの「バイリンガル」を意識してきた。書き言葉の方が、もしかしたら「大人のバイリンガル」なのかもしれない。

アメリカにも「国際化」

来年、スタンフォード大学でぼくの小説についてのシンポジウムが開かれるのだが、主催者たちと相談するために、先週、アメリカのアジア学会の総会に出席した。

総会はシカゴで行われていた。五大湖の一つ、レイク・ミシガンの灰色の小波が静かにくだける湖畔に広がるグラント公園、その北側のホテルが学会の会場だった。

シカゴを地元とするオバマ大統領を祝いに、かつては二十万人のアメリカ人が公園につめかけた。それに対し、ホテルの小会議場では、夏目漱石についての講演を百人のアメリカ人が聞いた。もう一つの小会議室では大正時代の日本のモダニズムを、八十人のアメリカ人が論じあった。さらに違う部屋では、在日韓国人作家について、韓国人でも日本人でもない金髪の学者が発表した。

スタンフォードやプリンストンのような名門の教授もいれば、モンタナやサウスダコタの小さな州立大学で、大草原や砂漠に囲まれ、孤独に耐えながら谷崎潤一郎を読み、平家物語を研究する人たちもいた。

日本の「伝統」からも日本の「現代」からも遠く離れた場所で、かれらは健闘している。会場で展示されているかれらの著書に目を通してみると、昔のエキゾチシズムや思い込みはすっかり消えてしまい、特に若い人たちの日本文化論は厳密で、新鮮なのだ。

オバマを生み出したシカゴで、アメリカの中のもう一つの「国際化」に触れたような気がした。

翻訳の春

アメリカなら大学の一年の授業が秋口に始まる。日本では桜が満開か、その直後の頃が新学年の始まりだ。アメリカのように自然の色彩が薄れていくのを見守りながら授業を進めるよりも、日本のように自然が一日一日カラフルに開いてゆく中、若い人たちの前で教壇に立つ方が、特に文学の授業は気持ちいい。

人生の途中で、ぼくはアメリカの大学を辞職して、日本語で文学を書きながら、日本の大学で教えるようになった。今は毎年、春になると、法政大学の国際文化学部で「日英翻訳論」という授業を持っている。俳句と短歌を中心に、日本の古典文学を、学生たちと共に英訳して、その英訳を通して、日本語の本当の特徴を浮き彫りにする。

国際文化学部では、学生全員が欧米かアジアに留学をする。受講生たちは、教科書だけでなく自らの体験として異文化や異言語に触れて、その後のぼくの授業に参加するのである。

「翻訳論」では、学生全員が、毎回一つの短い日本語を、外国語として「書き直す」。松尾芭蕉から始まり、『万葉集』へと日本語の「時間」をさかのぼりながら、責任を持って、日本語を映す鏡を創る。

大教室の窓の外では、アメリカとは逆に、色彩が明るさを増す。学年というもう一つの不思議な「時間」の中で、二十歳前後の書き手たちによって翻訳されてみると、古い日本語が少しずつ、新しく見えてくるのである。

もう一つの「英語」

外観が物々しく、中はどこか無機質な、北京空港の新しいターミナルで、ぼくは東京行きの飛行機を待っていた。出発が遅れるというアナウンスが聞こえ、そのことを、中国語で、隣の女性に尋ねた。女性も中国語で答えた。話しているうちに、相手は韓国人だと分かった。話が弾み、出発までの一時間近く、会話をし続けた。

飛行機に乗って一人で考えたとき、外国人同士で何のためらいもなく中国語で話したのだ、と不思議な気持ちになった。そして思い出すと、以前もモンゴル系やイスラム系の中国人とはもちろんのこと、確かに南米人ともイラン人とも、そうすることが当たり前のように、中国語で話した。今まで日本人とイタリア人、タイ人とドイツ人が、共通語として英語で話してきたように、中国語がもう一つの「国際語」になってしまった。その「当然さ」にぼくは驚いた。

最近の話題作『日本語が亡びるとき』の中で、水村美苗さんは、各言語には本来それぞれの「真実」があるのに英語だけの「真実」が世界を支配する時代の、日本語の運命を憂えている。中国では、ぼくはほとんど無意識に中国語の「宇宙」に参加をして、その「真実」を共有した。中国語ではなく日本語に人生をかけたぼくは、北京から東京へ帰って、日本語の「真実」が、あのように共有されるようになってほしかったのに、という思いも禁じ得ない。

一年生のミシェル

イギリスのさらに古い学園をまねて造られた、アメリカ・プリンストン大学の赤レンガと大理石の講堂とカテドラルと、古城のような学生寮に囲まれて、ぼくはそんな環境とは異質な日本文学を教えていた。一九八四年まではプリンストンの助教授で、キャンパスの小道ではさまざまな学生たちとすれ違いながら暮らしていた。

ぼくがそこにいた最後の頃に入学した女子学生の話が、二十何年も遅れて「ニュース」になった。

シカゴ出身のミシェル・ロビンソンという学生だった。プリンストンのみやびやかな学生寮に彼女は入った。多くの一年生と同じように、二人部屋で、ルームメイトと一緒に生活をすることになっていた。ところが、ルームメイトの母親が、エリート大学に入学した自分の娘がミシェルと部屋を同じくすることはけしからん、と大学当局に苦情を言った。

同じ大学にいながら、そのことをぼくは知らなかった。ルームメイトを代えられた一年生のミシェルの屈辱感を想像したのは、最近になってからである。

ミシェル・ロビンソンは卒業してから結婚し、ミシェル・オバマとなった。ホワイトハウスに入居することが決まりそうになったとき、白人のルームメイトの母親が謝罪をした。

四半世紀前の事件をめぐる「ニュース」から、大理石の学生寮の陰に潜む「さらに古い」歴史の暗闇が垣間見えたような気がした。

ジョン・ホープ・フランクリン

オバマ大統領の就任式のあとにもう一度、ぼくがアメリカに出かけたときに、ジョン・ホープ・フランクリンという歴史学者が九十四歳で亡くなった。そのことが各新聞に、通常の「学者の死亡記事」よりはるかに大きく取り上げられた。フランクリン氏は黒人で、『奴隷から自由へ』という大著を書いた。アメリカの黒人の歴史を初めて本格的につづった本だった。そして多くの社説で指摘されたように、おそらくは近代の世界では初めて、マジョリティーの思い込みや先入観によってではなく、マイノリティーの内部の視点で語られた著書なのであった。「現代のすべてのマイノリティー研究はこの一冊から始まった」という「ニューヨーク・タイムズ」の言葉からは、不思議な重みと広がりをぼくは感じた。

長い間、アメリカ人は自らの「普遍性」を信じ込んでいた。戦後の日本でも、アメリカの「普遍性」を受け入れるか、それを疑って対抗するか、という軸の上で、多くの国家論や文化論が展開されてきた。しかしその間、アメリカそのものを形成したマジョリティーとマイノリティーの過酷で緊張に満ちた関係はあまり意識されなかったようだ。

「希望」をミドルネームとするマイノリティー研究の創始者の偉業をしのびながら、ぼくはアメリカから日本に戻った。どこの文化にも「普遍性」はない。むしろ、各国の中のマジョリティーとマイノリティーの関係にこそ、人類共通の現代の物語がうかがえるかもしれない、と考えるようになったのである。

李良枝《イヤンジ》の会

在日韓国人の天才的な小説家、李良枝が三十七歳の若さで亡くなったのは、一九九二年の五月だった。その命日に近い土曜日に、新宿のコリアン・タウンで小さな「ヤンジの会」が開かれた。多くは日本で生まれ育った参加者たちの、日本語と韓国語の声が響きあう中で、短すぎた人生にもかかわらず、いくつもの鮮烈な作品と、「私は日本にも帰る、韓国にも帰る」という名言を遺した美しい女性作家がしのばれた。

在日韓国・朝鮮人は、日本の国籍を取得した人たちを含めても、日本の人口の一パーセントにも満たない「少数者」たちである。それなのに、小説家、詩人、批評家、映画監督を次々と生み出した。その「文化力」に、ぼくはたびたび驚く。欧米におけるアフリカ系、ユダヤ系、イスラム系、あるいは最近のアジア系のマイノリティーと比べても、日本の「在日」の歴史から生まれた創作と思想のエネルギーは目覚ましい。

その中でも、李良枝は特別な存在だった。第百回芥川賞を受賞した『由熙《ユヒ》』など、彼女の文学の中では、日本と韓国をめぐる近代の暗い歴史から、現在生きる人の姿勢が描かれ、人間にとっての「言葉とアイデンティティー」がくっきりとしたテーマに結晶した。二つの文化を真摯《しんし》に体験し、そのはざまにいるからこそ、誰よりも多層に、鮮やかに、表すことができた。

「日本語で表現すること」のもう一つ、現代的な意味を、李良枝が発見した。

書かずにはいられない

「人間と言葉」について書かれた面白い本に、多和田葉子の『エクソフォニー――母語の外へ出る旅』がある。人は、亡命や移民のような政治や経済のきっかけだけでは説明できない、実はさまざまな理由によって、外国語で表現をするようになる。外国語を読み、理解し、翻訳する、だけではなく、人は、自分で外国語を書く。多和田さんはその現象を、全世界的なスケールで検討する。そして「母語の外」に出ようという勢いによって、現代文学が豊かになっていくことを力強く説くのである。

多和田さん自身が、日本人として生まれ育ったが、ドイツ語で文学を書くようになった。『エクソフォニー』の中で彼女が証言している。最初ドイツへ行ったとき、自分が外国語で小説を書くのはありえないことだと思った。しかし何年かが経つと、たとえ書くなと言われても書かずにはいられなくなった、と。

かつては「バイリンガル」と言えば、特殊なエリートを指していた。しかし、ここ数十年間で、いろいろな人が、母から学んだのとは違った言葉を耳にし、学校で覚えたのとは違った文字に触れるようになった。「外へ出る」ことは、誰にでも可能になった。

ドイツ語でも書き日本語でも書く、多和田葉子の文学は新しい。しかし、異言語を、読むだけでなく、読んだ結果として「書かずにはいられな」くなるというのは、もしかしたら、人間が「外国語」を意識しだしたときから起きる、表現への根源的な欲望なのかもしれない。

高速公路にて

日本語のようで日本語ではない文字を読みながら旅をした。「人民鉄路」に乗り、到着した駅でまた車に乗り換えて、「高速公路」で中国大陸のさらに奥へ入った。たった五年前には「老国道」だった二車線の狭いハイウエーが、標識の漢字さえ変われば東名高速と見間違える、立派な四車線の「高速公路」に衣替えしていた。

その日は黄河大橋を渡り、北に向かった。高速公路は北京からマカオまで、大陸を南北に貫いていた。道の両側には、黄色い麦畑が延々と続き、赤レンガの農村が至るところに現れていた。突然、分離帯の中から人が道へ飛んできた。時速百四十キロで走っている車とトラックの間をぬって、灰色の服の農民が走り、北京行きの北車線を横切った。左側にある畑から、右側にある家へ帰るところだったらしい。

代々そこにあった農村を、高速公路が真っ二つに割っていたようだ。

東名高速ではこんなものは見ない、とぼくは日本語で考えた。明治時代の日本に東名高速ができたような幻想にかられた。「社会主義」でも「資本主義」でもなく、東アジアの風土に次から次へと変質をもたらした、近代化そのものの衝撃を覚えた。一瞬のイメージの中に百年の歴史を垣間見た、という気がした。そして「高速公路にて」という題の日本語の小説を書こうと思い立ったのである。

島国の「広さ」

ぼくが日本の中で特にインスピレーションを感じる場所は、津軽半島である。アメリカや中国と違って誰も「広大な」とは言わない日本列島の、しかし東京から列車で行くとほとんど「大陸的」な距離感を覚えさせるのは、津軽への旅である。

津軽は太宰治ゆかりの地で、他の愛読者と同じく文庫本を手に金木《かなぎ》や小泊《こどまり》や竜飛《たっぴ》へ足を延ばし、太宰が書いた風景を歩く。

他の多くの近代文学の遺跡の地と違って、津軽に不思議な引力を感じるのは、地元の人同士が話す言葉が分からないからである。方言という、ほとんど不透明な言葉のもやが、同じ島国の中にあった文化の歴史的な密度を想像させてくれる。そして「分からなさ」の一因として、その一部の単語がアイヌ語に由来している、という学説を知ったとき、国内の「異文化」の痕跡が現代に生きている人たちの声音となってぼくの耳に響いているのだ、ということも分かった。

近代国家が作り上げた「国語」の権威の前で、方言は恥ずかしいものと思われた。だが方言は本来、分からなければ分からないほど、他者の言語感覚を伝えるものであり、その多様性も美しい。面積だけでは測れない「広さ」が、むしろ音を通して浮かび上がる。

最近は中国大陸に旅をし、省ごとに変わる方言を聞き、その言葉を日本語の小説でつづる。大陸の方言に聞き入るぼくの耳は、実はその前に、津軽で鍛えられたのである。

言葉と世界

東京の古い路地の奥にある、第一東京オリンピックの頃に建てられたという木造の二階の和室で、二十一世紀現在、特に文化と言葉をめぐるテーマをつづってみた。ワープロは使わないので、エッセイはすべて四百字詰めの原稿用紙に手書きした。

「文化と言葉」という、文化面に載るような「専門」的な内容も、何とか、「専門」以外の、多くの読者に共有してもらおうと思って、毎回、文学者の目を通して、世界の動きとともに考える表現のテーマを探ってみた。

「文学者の目」と政治学者、あるいは経済学者の目は違う。しかし、日本とアジアとアメリカのそれぞれの「言葉問題」は、決して文学の職業的な書き手と、その文学の批評家が独占的に考えることだけではない。そのような信念をもって、何とか、日本語の内部と外部に生きてきた一人の作家による、小さな「世界観」を書いてみた。

世界は、最終的に、言葉によって表現されて、文字によって描かれることで存在するものである。だから言語によって世界は違って見える。その違いを恐れず、むしろ探究することは、文学に限らず、多くの分野の論客に求められる。

二十一世紀の、どこの国の新聞の、何語のエッセイにも共通する、それが新しい課題ではないかと思う。

翻訳と創作

新宿区内で今はめずらしく、いまだに舗装されていない細い路地の奥の、第一東京オリンピックの前の年に建てられたという木造の家に住み、その二階にある、団地サイズではなく江戸間サイズだから、和室なのに大陸的な広さも感じる、七・五畳の部屋で、ぼくは毎日、日本語を書いている。

日本国籍がないのに自分自身の「日本語を書く部屋」を獲得したとき、その下の一階にある日当たりの悪い六畳と四畳つづきの部屋に、母語の英語のたくさんの本と、『古事記』から大江健三郎までの、日本語の文学を英語に書きかえた数十冊の翻訳書をなんとか収めた。

二階の広い和室の中で日本語を書きながらあぐらをかいた自分の足の下の薄暗い空間には、日本語を読んで、ときにはその日本語を英訳していた時代の、横文字ばかりの図書が眠っていることを、この数年間、意識することもあった。十畳のような七・五畳の部屋の、今はすっかり黄ばんだ障子に流れこむわずかな光をうかがいながら、季節を問わず連日日射しがまぶしかったアメリカ西部の大学の、新宿区の倍近い面積のあるキャンパスで実に大量の日本語を読み、そのうちに日本語の原稿用紙を場違いの陽光の下で広げてすこしずつ日本語を書きはじめた頃を、今でも思い出すことがある。翻訳から創作へと、途中で増築したような文学の人生の、一階の上に二階があり、読むことの上で書くことが始まったのであった。

翻訳の黄金時代だった二十世紀後半には、一流の翻訳には必ず創作の要素がある、とよく言われた。翻訳は異言語の中で原書を厳密に「書き直す」ことなのである。感性のレベルまで異言語に触れて、「母語の外」からの感触によって書くというエクソフォニーの時代になってみると、二十世紀のあの常識とはほぼ逆に、創作の中には「翻訳」の要素が不可欠になったのではないか。

二階にある創作の部屋の、その床の下に並ぶ翻訳書を思いだしながらそのような思索に耽っていたある日、ぼくが翻訳を「卒業」してはじめてつづった日本語の創作が、英訳されてアメリカの出版社から刊行されることが決まった、という知らせが来た。

英訳される、と考えるだけで、ある種の迷いを感じた。母語だから読めてしまう、というだけではない。「母語の外」で書きだした作品が、ついに母語に、けっしてもどされるというわけではないが、厳密に書き直されて、日本文学の翻訳書としてもう一つの命をもつ、そのことに複雑な感慨を覚えた。英語と日本語、翻訳と創作と、また逆行するような翻訳、鏡の中の鏡に内容も文体も映されて、その多重の姿を直視することになったのである。

『星条旗の聞こえない部屋』が「A Room Where the Star-Spangled Banner Cannot Be Heard」という通常ではない長さのタイトルで英語の小説として生まれ変わった。ニューヨークから、新宿の路地裏の家にその書物がとどき、それを二階の和室へ持って行った。そしてしばらくは開けないままその表紙をじっとにらんだ。日本文学との縁も古く、ヨーロッパ文学の英訳も多く刊行した出版社の、格調のある表紙には、夜の歌舞伎町の写真がかざされている。著者名は、日本語の順で、Levy Hideo とある。

その書物のページを、ぼくはためらいながらめくってみた。翻訳家のスコット助教授の文章は、流麗である。物語の芯まで把握している。だからこそか、米国領事館を出て新宿に向うベン少年のストーリーをつづったあの日本語が、逆に米国英語になっているのを読み出すと、鏡の光が強く、すこしめまいがした。読み出すと一気に読めるような英語にはなっているのに、一ページで本を閉じる。そしてまた違った章で開く。そうしているうちに、ぼくがデビューしたとき、あの小説はなぜ母語の英語で書かずにわざわざ日本語で書いたのか、と聞かれて、もし英語で書けばそれは日本文学の英訳に過ぎない、と答えたことを久しぶりに思い出した。たぶん、「日本文学」として意図的につづったあの作品は、英語で書かれることに対抗していたのだろう。だから、あの作品が今、「日本文学の英訳」になっていることに、逆説的なおどろきを覚えた。

書いていた時代には、アメリカの出版社でそんなことができるとは想像もつかなかったが、日本語の宇宙に踏みこんだベン少年が町にあふれる日本語の文字を意識する個所では、英文の中に「しんじゅく」がひらがなで「昭和」が漢字で、ローマ字に変換されずにそのまま引用されている。日本語の小説の翻訳でははじめてなのだろうか、西洋語のテキストの中で日本語そのものが立体的に浮かび、越境の行先としての日本語がくっきりと可視になっている。

翻訳のような創作を翻訳した小説を、今、一ページまた一ページと不思議な気持ちで読み進めている。読み終わったときにこの書物を、二階の創作の机の上に置くべきか、一階の英訳書の棚に収めるべきか、迷っているところでもある。

最後の下宿屋

振り返ってみると、ぼくは人生の半分以上を日本で過ごしてきた。そしてその「日本」は、生活の場所としての大部分が、新宿区内の木造アパートだった。

今の住まいは、その新宿区内でわずかに残っている未舗装の路地の奥にある、昭和三十八年に建てられたという一軒家なのだが、そこへ入居したのは、二十一世紀が正式に始まった二〇〇一年の一月だった。

それより前の、ちょうど二十世紀の最後の十年間、ぼくが住んでいたのは、デビュー作の『星条旗の聞こえない部屋』の舞台にもなった、十七歳ではじめて日本語を書きことばとして学んだ早稲田大学の近く、自分にとってはなつかしい場所だった。その住まいはしかも、八十室からなる、すべてが木造の、明治時代からつづいていた一つの伝統の面影を残した、「下宿屋」のようなところだった。

「旧館」「新館」「学生館」など、何軒かの細長い建物が連なり、その敷地の真ん中には、未亡人だった大家さんの家があった。ぼくが借りたのは、その家の二階の一部だった。

大家さんの家には、五十坪もあっただろうか実に広い庭がついていた。二十世紀が終わろうとしている世界屈指の大都会の真ん中にしては時代錯誤的な広さの日本庭園、その向こうには、三畳一間ばかりのアパートで家賃も一カ月二万七千円と聞いた「学生館」の瓦屋根が見えた。一カ月十一万円で和室が六畳と八畳、それに板の間が五畳のぼくの部屋の窓から見渡せる豪華な借景は、よく想像させてくれるものだった。都市の中の細かく練り上げられた自然は、文体まで考えさせてくれるときもあった。

戦争の前か戦争の後かぼくにはよく分からなかったが、とにかく昔から残っていた「何とか館」や「何とか荘」の、中には食事付きの下宿もあった、そんなものが次々となくなり、あちこちにワンルーム・マンションがすでにはびこっていた時代、八十室の住人が、知らない人でもあいさつを交わし、やかましいとは思わない他者たちの声が日常的に聞こえる住まいは、めずらしかった。日本人が主人公の「アジアの活気」、大都会の中の村の、その「村長の家」に住処《すみか》をもったぼくは、しあわせだった。

ぼくはちょうどアメリカの大学の教授職を辞して、東京に定住したばかりだった。それまでは翻訳と研究の対象だった日本語を、自分でも書こうと決意した。そんなときに日本の近代文学に出てくる数々の家と部屋を十分に連想させるような生活空間を見つけて、入居することができた。入居したとき、早稲田の地元の不動産会社から渡された賃貸契約書に、異国籍ながら新宿区役所で登録した実印を正式に押した。

未亡人の大家さんとはとても仲が良くなった。一階に呼ばれてお茶を飲むこともあれば、毎年、秋になると広い庭からとった柿を必ずぼくに届けてくれた。

なのに、入居して何年か経ったある日、大家さんから、「リービさんは好きだから住ませてあげている、もしきらいになったら出てもらう」とさりげなく言われた。

大家さんから、好かれているから住んでもいい、というのは、まわりに密集したワンルーム・マンションの住人たちの耳にはまず入らない言葉なのだろう。

不動産会社にたずねてみると、賃貸契約書を交わしたにもかかわらず、ぼくは「アパートを借りた」のではなく、他人の家に「間借り」をした、ということになっていると分かった。夏目漱石の『こころ』に出てくる、「お嬢さん」の部屋と「K」の部屋のある未亡人の家で間借りをしていた若き日の「先生」とは同じ状況だったのである。

ぼくが青年時代に愛読して、たぶん、はじめて、日本型人間関係を小説として体験した、その名作の主人公と同じ法的立場にいる。明治時代の青年とは本質的に変わらない権利しかなく、大家さんの気持ちによって居させてもらっているに過ぎない。

二十世紀の最後の十年間、そのような状況にいられるということに、ある種の感動を覚えた。

しかし、もしも、万が一、何かの理由によって「好かれている」ことが「きらわれている」ことに変われば、日本国籍もなくあの頃は永住権すらなかったぼくはどうなるか、と二階の窓いっぱいに映る借景の日本庭園を眺めながら考えるようになった。

そして二十一世紀になる前の年に、あの下宿屋から歩いて十五分の、未舗装の路地の奥に建つ、格安の古い一軒家を買わないか、という話がとつぜん不動産会社から来た。

行って見ると、路地の奥の年代物は、外見があばら屋に近い状態だった。しかし中に入ると、土間の玄関と、板の廊下と、ガラス戸と、どっしりとした柱から成る、まさに「木造の世界」だったのである。家のうしろの崖は竹やぶで、その竹も、ぼくが少年時代を過ごした台湾で見た、元々は日本人が建てた家のまわりに生えていた竹を思い出させもした。

永住権がなかったので銀行ローンは無理だった。不動産会社の紹介で、「住専」といわれていた利子が通常より高いローンを何とか組んで、路地裏の古い家を買うことにした。

二〇〇〇年の秋にも、一階に住む大家さんから甘い柿が二階のぼくの部屋に届けられた。秋が晩秋に変わりはじめて、窓の下で広がる庭の紅葉が色あせた頃だった。何週間もためらっていたぼくは、ようやく一階に降りて、今度のお正月に引越しする、と告白するような申し訳なさそうな口調で、大家さんに伝えた。

本当は一生ここに住みつづけたかった、と大家さんに言った。あの瞬間、まだ好かれているのに出てしまうのはもったいない、という思いが頭をよぎった。

二〇〇一年の元日をすこし過ぎた日、ぼくは二階の部屋を引き払った。新しい住処で過ごした最初の夜、一つの人生が終わった、というだけではなく、一つの文化を喪失してしまった、という気がした。

二十一世紀に入って何年かが経ったある日、新聞記事を読み、早稲田大学近くの「最後の下宿屋」が解体されて、日本庭園とともに地上から消えたことを知ったのである。

書き言葉に宿る「表現」の力

日本語について語るときに、注意しなくてはならないことは、話し言葉と書き言葉を混同させて語らないことだ。

この二つは違う。日本語の話し言葉は、何千もある世界の話し言葉の中の一つにすぎない。しかし書き言葉、つまり文字による表現はユニークだと思う。

もちろん日本語の話し言葉も習得は難しいし、面白い。たとえば相手によって動詞は変化するし、呼称も英語やフランス語、中国語に比べて大変多い。英語なら「you」で片付くところを、「君」というか「あなた」というか「先生」というか、常に気を配らなくてはならない。しかしこれは、日本の社会に時代とともに変わるさまざまな形式の人間関係があるということにすぎない。言葉の本質とは関係ない。

一方、仮名と漢字を同時に使う日本語の書き言葉は、世界を見回しても本質的にめずらしい。大陸から借りてきた漢字と、その漢字をくずして作った仮名の混血的な書き言葉の体系は、文学者に限らず、誰もが日本語を一行書いたところで、その島国と大陸の歴史を意識させられる。歴史が、造形された文字そのものに刻まれているのである。

日本語の書き言葉は、「作られたもの」である。そこには良い意味での不自然さと不安定さ、芸術性と技巧性があり、いつでも生まれかわる可能性がある。つまり新しいものを生み出す可能性を秘めていると言える。だから日本語で書くということは、文学者として非常にエキサイティングである。

極端な話をすれば、ぼくが日本の住処を捨て、他の国に永住したとしても、たぶん日本語で小説を書き続けるだろう。

また、最近はコミュニケーションと「表現」が混同されていることも指摘しておかなくてはいけない。

コミュニケーションと「表現」は違う。もちろん「表現」も相手に伝わらなくてはいけないという意味ではコミュニケーションの一つだが、形式的なやりとりではなくて、これまでコミュニケートしたことのないことを伝えるのが「表現」である。相手が考えたこともなく、感じたこともないことを、考えさせたり、感じさせるのは大変なことだから嫌がられることも多い。しかしそのようにして新しい世界の把握の仕方を言葉にするのが文学なのである。

ぼくが『万葉集』を今でも新しいと思うのは、『万葉集』が同じアジアの中の漢詩に勝るとも劣らない豊かな表現世界、言語世界を持っているからである。日本において、それこそ文字によって初めて表現がなされた時代に、柿本人麿や山上憶良のような最大級の書き手たちが出てきた。彼らの長歌も短歌も、スケールや深みにおいては、「コミュニケーション」の領域をはるかに超えていて、世界の古代文学にほとんど類を見ないような抒情詩を創っている。だから七世紀や八世紀に歌われたことを、千三百年経った今、「新しい」出来事として読むことができる。これは大変な「表現」の力である。当時どのように受け止められたか推測できないほど、斬新な歌い方だと思う。

日本は明治以来、すでに百二十年くらいの近代文学の歴史があるが、今でも夏目漱石の一部は「新しい」し、谷崎潤一郎の一部は驚くほどラディカルだ。ノーベル賞を受賞した川端康成の『雪国』も美しい日本語の模範とされているが、常識的な日本語では決してない。たとえば「夜の底が白くなった」。これを常識的な描写として読んでしまうと、そんなことはありえないと思う人もいるだろう。しかしいつ読んでもすごく「新しい」。美しいかどうかを超えて、今もう一度、「新しさ」を発見することができる。本当の日本語の美しさはそこにあるとぼくは思う。

百年後に、今の自分が「新しい」というつもりで書いた文章が、本当に「新しい」ものとして読まれているかどうか。これは誰にも分からないことだ。だからぼくは、いつも不安を抱えながら書いていているわけだが、一行でも二行でも、後世の人に新鮮な刺激をあたえるものを残したいと考えている。

古い日本語の「新しさ」

日本語を書くようになる前に、ぼくは長年、日本語を読み、ときにはその日本語を英語に翻訳することもあった。読みながら一字一句に責任をもって日本語にとっての異言語で「書き直す」という過程の中で、作品の全体とその細部まで読みこむことが課せられていた。英訳そのものとして成功した作品もあったが、日本語の小説とノンフィクションを十八冊刊行した今となって振り返ると、英訳として成功したかどうか以上に、英訳という厳密な作業を通して日本語の内部に導かれて、「古典」としての日本語だけではなく可能性としての日本語を考えさせられたことが大きかったかもしれない。最も古い日本語の中には「新しさ」を感じることが多かった。

日本に定住する前の時代、アメリカの大学の東洋図書館にこもり、一万里離れた風景を思い浮かべながら、近代の日本語からすこしずつさかのぼり、「古い」日本語を読んでいるうちに、いつの間にか「古い」日本語の源泉だとされている『万葉集』にたどりついた。『万葉集』を、その最古の歌から始まり、飛鳥時代に詠まれたという作品群を、近代日本のあらゆる解釈書をたよりに、何とか読解できるようになった。

七世紀の終わり頃の日本語を、「伝統主義」や「懐古」も知らず、異質な風土の大陸の中で、とにかく次から次へと読もうとした。

そのアメリカ大陸ではじめて、柿本人麿の歌が目に入った。「柿本人麿」の名声も漠然としか分からなかった。なのに、風景と心情を直に、しかも雅びやかに結んだその短歌がただ鮮やかだった。

淡海《あふみ》の海　夕波千鳥《ゆふなみちどり》　汝《な》が鳴けば　心もしのに　古《いにしへ》思ほゆ

「夕波千鳥」という四つの漢字からは、軽さと重みが同時に感じられて、その一句を何度も目でたどっているうちに、それに相当するような英語がやがて、

Plover skimming evening waves

と現われた。そしてそのような英訳から、また七世紀の日本語に目がもどった。英訳をしたということも忘れてしまい、「夕波千鳥」が再び頭の中でこだました。

くり返しくり返し、古い日本語を、ぼくの母語である「外部」へ持ち出しては、またぼくにとって外国語である日本語の「内部」に意識がもどった。読んでいる言葉が「名作」をなしているという「国文学」の権威が届かない場所で、研究の歴史に対しては無頓着といえば無頓着に違いないが、古い言葉が次々と、スリリングなほどに「新しい」ものとして映ったのである。

三十一文字の一かたまりずつにそれぞれの「世界」が広がり、それを、ただなぞるだけでなく、もう一つの言語の中でなるべく復元しようとした。何百首と取りくんだところでパターンもうかがえ、またパターンの中で発揮される変形も見分けるようになった。

しかし、ぼくにとって「古い日本語」の醍醐味は短歌以上に、奈良時代の終わりとともに死滅した長歌の方にあった。同じ人麿の作品の中でも、長歌は抒情の強度と語りのスケールにおいては圧巻だった。

吉野宮に幸《いでま》したまひし時に、柿本朝臣人麿の作りし歌

やすみしし　わが大君の　聞《きこ》しめす　天の下に　国はしも　多《さは》にあれども　山川の　清き河内《かふち》と、御心を　吉野の国の　花散《はなち》らふ　秋津の野辺《へ》に　宮柱　太敷《ふとし》きませば　百磯城《ももしき》の

大宮人は　船並《ふねな》めて　旦川《あさかは》渡り　舟競《ふなきほ》ひ　夕河渡る　此の川の　絶ゆる事なく　此の山の

いや高知らす　水《みづ》たぎつ　滝の都《みやこ》は　見れど飽かぬかも

中国語の修辞を「和訳」したような対句を重ねながらも、漢詩には見られない、ジャパノロジストたちがliquid（液状のように流動的）と呼んでいた、複雑に流れる大和言葉の連続体、その結末がかならず抒情の表現なのである。

人麿の長歌をさらに読みつづけては一首ごとに違ったおどろきを覚えた。特に挽歌になると、

ある作品では五、七、五、七が百句以上もつづき、天孫降臨の神話をたどったものも、自分の妻との死別をつづったものも、一つの語りが終ったかと思うと、「れば」や「せば」や「へば」でまた違った語りへとつながる。この流動によって「一つの文章」が生まれているのに気がついた。書きことばの誕生の時期に生まれた、テンもマルも知らない、一つの長い文章なのである。はじめて文字で母語を書く日本人の高揚が伝わり、共同体の内容もプライベートな内容もすべて新しく見えた。

日本語を自分で書くようになってから、人麿の「新しさ」をぼくはたびたび思いだす。アメリカで読んだ人麿の長歌の中で、かぎりなくliquidな「日本語の文章」の姿を、もしかしたらはじめて、垣間見たのかもしれない。

大和の空の下——わが師中西進

白い雲が切れると、大空からそそぐ強い日射しに石も花も、道端に点在する古い農家もあまねく照らされた。通りすぎてゆく場所の、その一つ一つには伝説的な地名が冠せられていた。大和盆地の西南の隅近く、二上山《ふたかみ》のふもとあたりの小道を、一人の四十代の日本人と、七、八人の二十代の日本人と、二十代のぼくが歩いていた。四十代の男が、若い男女のグループを、引率しているというよりも、かれらに交じって若々しく話をして、ときどきぼくにも話しかけてくれながら、歩いていた。

風景は、光にあふれていた。一九七〇年代であることを忘れさせるほどの、永遠《とわ》の光のように感じる瞬間もあった。小道のほとりで、一つの歌碑にたどりつくと、中西進先生が二十代の集団に向かって、それを読み上げて、そして解説してくれた。読み上げるその声音はおちついた朗詠調だが、解説するのは現代の知識人の口調だった。また歌碑が現われるとそこで立ち止まり、同じようにそこに書かれている三十一文字と、その文字がどのように日本語の宇宙とつながっているかについて、その場で「教育」をする。小道のほとりで七世紀の日本語をひろっては、二十世紀後半の日本語の、やわらかさとするどさのある声で表現のなぞを解いてくれる。そして歌から歌へと、歩きつづけるのであった。

ぼくはプリンストン大学の大学院生だった。日本の現代文学と『万葉集』を同時に読んでいた。日本から遠く離れた場所にいたからか、最も古い日本語を「新しい」文学と感じた。あの頃は日本の多くの国文学者が書いた研究書に目を通したが、その中で中西進の著書が何と新しく見えたことか。

『柿本人麻呂』『山上憶良』、そしてその後の刊行された『万葉集』の現代語釈。中西進の著書の、たぶんアメリカではじめての読者の一人となった。どの書にも、厳密な研究者が、厳密だからこそ、古代の作品の一字一句に対峙する、一流の文学者の感受性と批評性がうかがえた。

プリンストンに来ていたある日本人の編集者から、「日本で誰に会いたいのか」と聞かれて、ぼくはそくざに「中西進」と答えた。そして、二十四歳の春に、東京で中西進に紹介された。その声は、文体と似ていて、明るく、やわらかく、するどい。あのときはじめてだったのか、自分の口から「プロフェッサー」以上の意味の、「先生」という日本語が抵抗なく出てきた。

中西先生の講義を受けることになった。日当たりの良い大教室で、中西先生が『万葉集』を、順を追って、一首ずつ読み上げて、解釈をした。一つの歌から次の歌へ、三十一文字からさらに次の三十一文字へ、先生は「古典批評」を展開した。『万葉集』をぜんぶ講じるという、何年もかけて長い巻物をすこしずつ開くような授業は、アメリカでは考えられないほど贅沢なものだった。巻八を講じる途中で、巻六の歌については先輩たちに聞きなさい、という先生の言い方におどろいた。最も古い日本語を解明するその言説の「新しさ」を象徴するかのように、一列目には大江健三郎の奥さん、ゆかり夫人が座ってノートを取っていたのも、印象的だった。

そして夏休みになると、中西ゼミといっしょに大和の空の下を歩いた。ぼくの記憶の中では、教室で次から次へと歌を講じる中西先生と、二上山のふもとの小道で立ち止まりその場で日本語の奥義を教えてくれる中西先生が重なる。歌から歌へ、日本の風景を「読む」ことも、中西先生から教わった。

沈黙の後、生まれる表現——東北を旅した記憶

この数年間、ぼくが文学を書く多くのきっかけは旅に出かけることであった。最近は日本よりも外国、外国の中でもアメリカ大陸と中国大陸に向かって、そこで見聞したことを、もどってから日本語で書く。その動きの中からなんとか表現の「新しさ」を見いだそうとしてきた。もともとは外国から日本語の世界に入りこみ、その豊かさを一度身につけてからさらに異なった言語に身をさらすことによって、新しい作品を生み出そうとしてきたのである。

日本から、出身国のアメリカ、あるいはもう一つの過酷で鮮烈な「現代」の領域としての中国への旅をくり返してきた。しかし二〇一一年に入って、外国への旅に出かけるようになる前の、日本国内の旅の記憶が、突然、甦った。

青年時代から中年期までは、むしろ日本への旅、そして日本の中での旅にエネルギーをそそぎ、「旅によって書く」という訓練を重ねた。日本国内の旅先は、主に二つの地域だった。一つは青年時代に、日本語がはじめて書き言葉となり、『万葉集』という形で日本文学が誕生した大和だった。もう一つは、ぼくの三十代の終わり頃から通い始めた、『万葉集』から約一千年が経ち、

世界の中でも紀行文学の最高峰である『おくの細道』で描かれた、東北地方だったのである。

二十回、もしかしたら三十回、ぼくは東京から東北へ出かけた。島国から大陸、ではなく、松尾芭蕉の日本語を意識しつつ、島国の中でも最も島国らしい海岸にそって、陸奥、陸中、陸前という重みのある地名に冠された、絶壁と入り江に足を運んだ。そしてそのような風景以上に、何よりも、そこで生活を営む人びとの声に耳をかたむけて、歴史が深くこだまするような、けっして東京にはない感性と知性に何度も触れた。「おく」はまさに「奥」の領域であり、日本のどこよりも「旅によって書く」ことの可能性を教えてくれるところだった。

その海岸が、とつぜん、想像を絶する破壊の場所となった。その破壊も、一人が把握することすら難しく、ましてやそれについて解釈などをすることはありえないだろう。三月十一日以降、おそらくは多くの日本語の書き手たちと同じように、ぼくはただ黙りこみ、何も書けなくなった。外国のことすら、書けなくなった。松島から八戸までの、あの海岸で耳に入ったたくさんの声を、思い出せば思い出すほど、聞き手だったぼくからは、何の声も出ない。早春に始まった沈黙が、そのまま春が過ぎて、夏の終わりまでつづいてきた。


日本の歴史的な惨事から半年が過ぎようとしている今、二十一世紀の始まりに起きたアメリカの大惨事からちょうど十年が経とうとしている。十年前にぼくは東京からアメリカへの旅に出かけた。飛行機に乗り、ニューヨークに向かったが、経由地で思いがけず足止めをされて、そこで「9・11」に遭遇した。二〇一一年の日米両国の言説には二つの「十一日」を結び付ける論調もうかがえるが、原因もスケールも惨事の質も違う。ただ、十年前のあの出来事から何カ月も黙りこみ、二年が経ってから少しずつ、「解釈」をおさえたきわめて間接的な言葉が書けるようになったことは、よく覚えている。その小説も、芭蕉が旅先の松島を詠んだ「千々にくだけて」という日本語が頭に浮かび、はじめて可能となった。

表現をしたくなるのは、人間にとって根源的な感情である。しかし把握することすら困難な被害の前では、言葉はそう簡単には滲み出ない。表現は、たぶん、沈黙の後に生まれるものだろう、と三月以来はじめて日本語の文章をつづろうとしながら、思う。

日本語と温泉

俳人、歌人、そして近代の散文作家たちゆかりの「創作の場所」をたずねて取材に出かけると、日本はまさに書きことばの長い歴史を持つ火山列島である、と意識させられるように、取材が終わって夜になると必ず温泉に宿泊する。

アメリカの旅行なら「ジョージ・ワシントンが泊まった」、中国なら「毛沢東が長征の途中で一泊した」という名所が多い。日本の旅では松尾芭蕉が宿泊した、斎藤茂吉が名歌を詠んだ、夏目漱石の『行人』の主人公が近代人のノイローゼを語りだしたのは、この温泉の、この旅館の、場合によってはこの部屋だった、と指摘されることがたびたびある。

日本語の巨匠たちの場所を探し求めたことがきっかけで、温泉ばかりを渡り歩く時期があった。文学博士よりも温泉博士になればよかった、と思うことさえあった。日本の無数の温泉の中から「ベスト3」をしぼることは客観的には不可能だが、特に鮮烈な印象が残っているものは、確かにある。

「日本一」とよくたたえられるのは、草津温泉の、町並みや風情以上に、湯量、もしくは泉質そのものであろう。まるで牛乳が光っているような白さ、水銀を想わせる質感。人の肌が液体に接して、それだけで贅を尽くしたというよろこびは、「日本一」どころか、世界のどこでこれほどまで覚えることがあるのだろうか。こんな湯を本当に浴びていいのか、と身に余る体験をした気持ちで宿にもどると、質感がインスピレーションに変わり、特に小説の書きだしの筆がおのずと動く。

明治時代にドイツ人のベルツ博士がここで日本の温泉の医学的効力を証明したところ、前近代の恵みに近代の解釈が加わった。PR誌に載った温泉宿のおかみさんたちの座談会にある、「私たち草津人の血に脈々と流れているベルツ・マインド」という発言も、ナショナリズムと西洋崇拝がごちゃまぜになっているようで、面白い。

津軽半島の南西、深浦近くの日本海に面している不老ふ死温泉がある。太宰治のノンフィクションの名作『津軽』の取材を終えて、そこに泊まった。夜中に露天風呂に入ってみると、それが海からわずかにしか離れていない場所にある。風呂と海の境がぼやけて、入浴した瞬間から「日本海」と一体となっているという錯覚を覚える。波の音とともに、沖に浮かぶイカ釣り船のスピーカーから漁師たちの津軽弁が大きく響く。単語の一割がアイヌ語だという方言の分からなさから、列島古来のことばの多様性と、重みを感じてしまう。

深浦で見た文学碑には「小説『津軽』」と書かれていた。「風呂」と「海」と同じように、フィクションとノンフィクションの境もぼやけてしまう。

歴史的に名湯でもなければ文学ゆかりの地でもないが、愛知県の山奥、鳳来寺山のふもとにたたずむ湯谷温泉には「はづ別館」という宿がある。渓谷の竹林の音を耳にしながら湯上がりの八畳の間で原稿に向かう、至上の「鄙《ひな》」の空間をそこで見つけた。ぼくだけの隠れたユートピア、「無名」な温泉は、しかしうずもれた才能の新人作家のごとくに、いつの間にか、必然的に、全国に知れ渡ったのである。

草原で耳にしたノーベル賞

何年か前から、日本語の小説とノンフィクションのインスピレーションを求めて、ぼくは日本から中国大陸へ旅をしつづけてきた。今年の十月にもそのような短い旅を計画していた。九月に入って日中関係の緊張を伝えるニュースが急に目立ってきた。新聞やテレビには衝撃的なイメージが映り、文化や文学交流のイベントも次々と中止になった。

「日本人」と思われる顔ではないので身の危険は感じなかったが、九月のニュースに氾濫したあの話題そのものを避けようと、十月の旅は北京や上海等、東部の大都会を飛ばして、中国の西の辺境、青海省へ行くことにした。

迎えに来てくれた漢民族の友人が日中関係悪化の前に購入した日産ブルーバードに乗せてもらった。「ここならデモに襲われることはないだろう」と島国の青い島で西域の草原と砂漠の上を行き渡った。チベットへと広がる海抜三千メートルの高原の空気の中では国際ニュースも薄れるようで、紺碧の大空の下で出合ったモンゴル人、チベット人、遊牧民、そしてあごひげのムスリムたちからも、三千キロ離れた無人島の話は耳に入らなかった。ニュースから解放されて、大陸の広さと、複合的な人間模様を久しぶりに満喫した。

その旅の最後の夜だった。多民族の小さい田舎町のホテルに泊まり、くつろいでいたとき、とつぜん、隣の部屋にいる友人から電話がかかってきて、

「重大なニュースがある、中国全土が騒然となっている」と大声が響いた。

「ニュース」を意味する「消息《シャオシー》」という音でぼくは思わずたじろいだ。日本政府が、中国政府が、また何かをやったのか。

ぼくの反応を待たず、友人は興奮した大声で、「莫言がノーベル文学賞を受賞した」と言った。


ぼくが莫言という中国最大の小説家とはじめて出合ったのは北京で、日本の文芸雑誌で対談をしたときだった。その前、対談の準備として、莫言の実に多い作品の、あらゆる和訳と英訳を日本で読みあさっていた。あの頃はすでに中国大陸のかなり奥地まで体験して、それにもとづいてぼくなりの日本語の作品も書いていた。しかし、中国文学に関しては、たぶん中国専門家以外の多くの作家や読者のように魯迅ぐらいは知っていたものの、一九四九年以降の中国文学は「社会主義リアリズム」、したがって読むに値しない、という先入観は強かった。

だから、莫言の文学を読み出したとき、ぼくはおどろいた。それは「発見」のおどろきだった。欧米ではなく、しかも香港や台湾でもない、あの中国大陸にはもう一つの現代文学がある。大陸独自の歴史を背負い、そして自覚した同時代作家は、そこにいる。

読者としてぼくはあのような「中国文学」を目にしたことはなかった。中国を日本語で書く作

家として、あの過酷で鮮烈な歴史のある「中華人民共和国」を、これほど自由な感性で書いていいのか、と手に取る莫言の作品ごとにおどろきが深まるばかりであった。ねばり強く愉楽にも満ちた語りによって、「中国」を映したというだけではない、もう一つの現代文学の大きな宇宙が構築されているのに気がついた。ぼくにとってそれは新聞やテレビで知るのとは違った、大きな「ニュース」だったのである。

戦争と、革命と、また文化大革命に揺るがされた大地の、その広大なる底辺に生きる、農民、ヤクザ、ゲリラ、色情狂のめざましい物語群。だが北京でそれを創り上げた作者に会ってみると、そのおだやかで謙虚な人格にぼくは逆に不意を打たれた。ボクシングのチャンピオンとリングの外で出合うと温和で心の優しい人もいるのと同じように、大陸文学のチャンピオンは一貫しておちついた淡々とした口調で話していた。日本と中国と世界文学の可能性へと対談の内容はふくらんだが、特に最後の方で、農村の青年にとって唯一の出世の道であった人民解放軍へ入隊して、その頃に川端康成の『雪国』を熟読していたという話を聞いて、ぼくは不思議な感動を覚えた。

早くテレビをつけなさい、と漢民族の友人が電話で言った。大陸の西の辺境にある田舎町のホテルの部屋でリモコンを押すと、画面いっぱいに莫言が現われた。会ったときと変らない、穏やかな表情で話していた。

中国にはすぐれた作家がたくさんいるのに、私はたまたま選ばれた、と言っていた。

ニュース・チャンネルはどれも莫言特集が流れていた。

全国の書店であっという間に莫言の本は売り切れて棚から消えたという。「莫言熱《モーイェンルー》」を告げるアナウンサーの声が狭い部屋の中で鳴り響いた。

アナウンサーの声が静まると、部屋の窓の外では、草原を渡ってゆく夜風の音がかすかに聞こえてきた。国際関係のニュースからのがれようとチベット高原まで旅をしてきたぼくは、文学のニュースに釘付けになった。

作家の映像と、その作品の色とりどりの表紙の、簡体字の題字を目で追っていると、いくつもの物語の記憶が甦り、夜おそくまでぼくは酩酊の気分となった。

翌日の新聞の、一面にある共産党の重要発表の欄には小説家への祝辞が載っていた。

空港の待合室のテレビの大画面にも、莫言が現われた。

今の莫言熱は、まあ、一カ月しか続かないでしょう、と莫言がおちついた口調で言った。

ノーベル賞のときにそんなことを言う、莫言の中国語の声を聞いているうちに、大陸のおおらかさ、という日本語が、久しぶりにぼくの頭に浮かんだ。

スノビズムをやめよう

中国への旅から日本に帰ってきて、新聞で訃報に接した。

中国の新聞にも、中国のホテルで見たアメリカの新聞にもその訃報が載っていなかったことが奇妙に思われるほど、喪失感が大きかった。

日本の新聞では、領土と、通貨と、核実験の準備、東アジアの不安定な現実をめぐる記事とともに、小説家の死が報道された。その小説家に対するぼく自身の崇拝の気持ちも強かったが、客観的に、二十世紀後半に現代文学が成り立つ上での貢献があまりにも大きかったので、国際政治や経済以上に、その訃報が重大なニュースとして目に映ったのであった。

安岡章太郎という存在の圧倒的な大きさゆえに、その存在をめぐる一人の記憶が、どんな鮮烈なものであっても、いくつかのかけらにしか過ぎないことが、よく分かった。それでも記憶はすぐに甦ってきた。回数がわずかでも、安岡さんにお目にかかり、お話しすることができたのは、最高の好運だった、とその直後にすでに思っていた。

一度は安岡さんとの対談、一度は安岡さんと小森陽一さんとの座談会、その他はパーティーなどですこしだけお話しする機会があった。活字になっている話を久しぶりに読み返すと、内容が差別、喪失、暗殺、個人と歴史の暗部にも及んでいる。にもかかわらず、対話そのものはとても明るく、雑誌に載っているその座の写真の笑い顔から見ても幸福な時間だったことを思い出す。あの数時間の中だけでもおおらかでするどい「先生」にめぐり会えた、そのことは日本語の作家としてデビューしてからのぼくにとっては大きな恵みとなった。

安岡さんが話しはじめたときぼくが受けた最初の印象は、それまでに会っていた何人かの日本の作家と同じように、アメリカの作家にはけっしてない、島国独自の、しかも都会人の、徹底した発想の弾力性だった。『海辺の光景』の文体の記憶がぼくの頭を横切った。と同時に、日本語の大家にしてはめずらしく、大陸的、とも称したくなるような、島国の境を飛び越えた好奇心と関心の大きなスケールに触れている、という確かな印象も受けた。現代文学の「私」の語りの名手の、その日本語の発想が、そのままアメリカ、そしてアジア大陸の、かなり奥地にまで届いているということが徐々に分かってきた。日本語の範囲が急に広がった、という気がしたのであった。「文壇の長老」との話を通してそのような感想をいだくのは、はじめてだった。

対談は「世界史」に貫かれていた。その「世界史」は常に、島国と大陸の「一人の作家」たちの具体的な作品に結晶して話の対象となった。話題を広げつつ具体的な表現の核に迫り、半世紀分の洞察を発揮しながら語る「長老」の、その勢いとねばりとユーモア・センスは、若々しかった。

あのときにうかがった実に多様なお話の中でも、特に二つの発言がぼくの頭にやきついた。何年経っても、その意味をぼくが必ずしも正しく理解できたという自信がないまま、鮮明に記憶に残っている。

　小説は書けないものである、小説は書けるはずがない、と安岡さんが言った。

　誰かには書けない、ということではなく、小説そのものは本来、あるいは本質的に、書けるものではない、というニュアンスがはっきりと聞こえた。

　あれだけいい作品を書いた人が言うのだ、とぼくは思った。

　安岡さんは言いつづけた。書けないもの、なのに、毎日、一枚を何とか、書く、そしてそうつづけているうちに、小説はでき上がってしまう。

　小説は、自然に滲み出るものではない。小説は本来、書き手の「外部」にある。その距離を埋める労力によって一つの小説が生まれるのだ。

　半世紀近く、小説を獲得しつづけてきた作家の「証言」は、日本語の近代文学、日本の戦後という時間、そのような解釈の枠を越えて、今でも、現在形の啓示として、ぼくの頭からは消えていない。

　座談会が終わり、テープレコーダーも止められて、お酒の席に移った。座談も雑談も区別なく、面白い話がしばらくつづいた。

　そのときだった。安岡さんは、どのような文脈の中でそう言ったかははっきりと覚えていないが、とつぜん、「諸君、あらゆるスノビズムをやめましょう」と言った。「諸君」とはぼくと、小森さんと、そこに居合わせた若い編集者たち、あるいはぼくらをふくめたすべての「後の世代」を指していたかもしれない。

単なる「スノビズム」ではなく、「あらゆるスノビズム」を排除しよう。「あらゆる」という言い方からぼくは想像した。右のスノビズムと左のスノビズム。コスモポリタンとナショナリスト。近代主義と伝統主義とポストモダン。安岡さんの言葉には、文化への姿勢、思想の立場、そして文壇内の流行がすべてふくまれていたのだろう。だが、おそらくはさらに、自分の時代に「小説」を獲得しようとする書き手の条件を言っていたのではないか。厳粛な内容を告げる発言者のおおらかな声の記憶とともに、その発言について今も思いをめぐらしつづけているのである。

『アメリカ感情旅行』の声

安岡章太郎はまさに日本の戦後文学の中で巨大な存在だったが、どの国の大作家もそうであるように、その文体がある種の「人格」となっている。そして洋の東西を問わず、大作家ならさまざまなジャンルに行き渡り、フィクションの中にもノンフィクションの中にも、本格的な文芸作品にも一見軽めのエッセイや紀行文にも、そのような「人格」がかならず現れる。

思想やイデオロギーを直接に語らない安岡氏の文学者としての「人格」はきわめておおらかで、しかもディテールに対してはかぎりなく敏感である。どのジャンルの中でも二、三ページごとに読者がどきっとするような、世界を新たに見いだす洞察に至るのである。

そのことが一貫して、近代日本独自の「家族の中の私」を書きつくした『海辺の光景』についてもいえるし、その近代日本に多大な影響を与えた大陸国を日本語の中で再発見した『アメリカ感情旅行』についてもいえる。

私小説の中の四国であろうが、ノンフィクションの中のケンタッキーであろうが、やわらかさの中からするどさが滲み出て、あらゆるスノビズムとマンネリ化を排除した文章だからだろう、半世紀前の日本と米国を語るその「声」が新しい。

五カ月あまりのアメリカ滞在の最後の日をつづった文章の朗読を聞いても、文体の「声」と作者の実際の声には隔たりを感じない。文体にも声音にも無理も気取りも一切なく、どちらもおちついている。ナッシュヴィルの日常生活の記録なのだが、「アメリカ」をとらえた数々の鮮やかなイメージを通して、けっきょくその風景の奥へ入りきれない自分の心情を表す。にもかかわらず最後には、人間は同じである、という結論に達する。その矛盾に耐えつつ現実の世界に密着取材する「私」の声は、最後までおおらかで、しっかりしているのである。

清明上河図

最初は、通常の山水画のように、広い土と樹木が細かく描かれて、川の流れもくっきりとしている。さすが北宋画で、地味な色彩と力強いディテールから自然の格調が滲む。絵巻をじっと見る視線を左の方へと移すにつれて住処が見えてくる。住処が密度を増したところ、この「自然」は実は一つの郊外であると、それまで多くの山水画に見なれた目がおどろく。

そして郊外のあとに、さらに左の方では、「近代」より数百年前の時代なのに大都会特有の人間の活気が現れてくる。

大都会の繁栄を可能にする交易の船の幾艘も、川岸に停泊している。交通の終着点と出発点として、大都会がある。

露店がぎっしりと並ぶ橋の上から、何人もの市民が船を見物している。大都会にはヤジウマが多い。

一つの絵巻には、小さな人物が八百人も描かれているという。

九百年前の宋の都、開封における、家屋以上に人の密度が、マンハッタンのようでもあり、新宿をも想わせてしまう。

大通りが描かれて、薬屋が見えて、牛車の輪の修理屋も、そこにある。そして大通りの一番左には、巨大な門がそびえ、その中からシルクロードに向かうのか、駱駝《らくだ》が出てきている。

一つの絵画のクライマックスは、遠方への出発なのである。山水画のように始まった絵巻が、交通を「内容」とし、動きそのものを祝っているように、めざましいほど明るい。

一九九六年の夏に、ぼくははじめて北京駅から列車に乗って、河南省に向かった。八時間の旅の末に列車が黄河を渡り、そして省庁所在地である六百万人の都市、鄭州に到着した。

当時のガイドブックによると、「北京から列車で八時間、しかし北京より十年も遅れているような町」と書かれていた、黄河のすぐ南の都会の駅前は、一万人ほどの出稼ぎ農民でごったがえしていた。「現代」より十年、貧困地区ではもしかしたら二十年も「遅れている」都会には、しかし「現代性」を自慢する北京や上海とは違った、活気と明るさが感じられるのであった。都市特有の「アジア性」がみなぎり、一万人の、みんなが都市に来たと意識している農民といっしょに、駅前でしばらく立ちつくし、そこへ踏み込んだことに、自分でも説明しがたい喜びを覚えたのであった。

駅前広場はもちろんのこと、その横につながる大通り、その大通りの途中にあるバス・ターミナル前の大きな陸橋の上も、どれが農民なのか、どれが都市民なのか、あの頃はよく区別がつかなかったが、人また人であふれていた。一人で立っていると、車とバスとトラックの音に交じって一万人の、そのほとんどがぼくには不可解な方言の叫び声と笑い声が耳にこだました。たぶん、十七歳ではじめて新宿に歩み込んだとき以来の、非西洋型の「都市のショック」をあのとき覚えたのだろう。

そのあとはぼくの小説の舞台にもなった、駅からタクシーで二十分ほどの、共産党本部近くのホテルにチェックインをした。かつては党のゲスト・ハウスで、毛沢東も泊まったというが、九〇年代になって共産党とアメリカのホテル会社が合弁して経営が変わった。そのホテルの中からは「社会主義」の面影がなくなり、その代わり、ロビーや廊下のいたるところが「伝統文化」をテーマとした内装に衣替えをしていたらしい。「共産党のゲスト・ハウス」だったとは思えないほど近代的で豪華な部屋に案内され、荷物を置いてふわふわのクッションの椅子に腰をかけて、その部屋の中を見回してみた。

四つの枕をすえた大きなダブル・ベッドの上の壁には、一枚の絵が飾ってあった。

離れたところから見ても、それは西洋風の油絵ではなく、中国の絵だと分かった。しかし目をすえてみると、水墨画のような色彩に違いないが、どうも山水画ではないようだった。険しい山岳と、そこへたどりついた小さな旅人が山のふもとに立つ姿が描かれているわけではない。しかし竹の絵でも虎の絵でもないし、美人図でもないのだ。好奇心をそそられ、居心地のよい椅子から立ち上がって、ベッドの上の壁に近づいてみた。

山水画のような質感だが山水画ではない絵には、橋が大きく描かれていた。

橋は、そり橋で、まちがいなく中国の橋なのである。

橋の下では、どこから航海してここへたどりついたのか、いくつもの貨物船が停泊している。
さらに近づいて、その絵を見ると、橋の上には何人も何人も立って、何方言だろうか活発に会話を交わし、そしてヤジウマとなって橋から下の川の波止場に並ぶ船をじっと見ているのであった。
その人混みは、明るい。
ぼくの脳裏には、はじめて新宿の歌舞伎町へ歩み込んだときの感慨が一瞬甦った。
そしてこの日に北京からの列車を降りて一人で立った駅前広場の、もう一つの人混みを思いだした。
不思議な明るさを放つ絵の、下のふちの上には、
清明上河图
と書いてあった。
そしてもう一行、英語で
Riverside Scenes at the Time of Qingming
とも書いてあった。
清明節のときの川辺の光景、とおおよそそのような意味だった(そのあとで、どこかで Early Spring、つまり「早春の川辺の光景」という訳も見たことがある)。
頭の中で「图」を「図」に変換して日本語で「清明上河図《せいめいじょうかず》」と、あのときはじめて、その文字群を目にしたのであった。

その次の日、ぼくは北宋の都、開封へ出かけることになっていた。橋の上の明るい人混みは、九百年前の、あの開封を描いているもの、「上河」の「河」は、前の千年紀に世界一の都市だった開封が所在していた汴川《ビエン》を指している、ということを知ったのは、ぼくが一人でホテルの部屋であの絵を見た直後だった。

あの一枚の絵が絵巻の一場面で、その絵巻が中国の美術史では最高の傑作と見なされていることは、さらにあとになって、遅ればせながら分かったのであった。

あれから何年間か、鄭州のホテルに泊まりバスで一時間ほどの開封を訪れる、という旅をくり返すことになった。その最大の理由は、「清明上河図」に描かれている、開封の市民が自ら「千年紀城市」と呼ぶ古代の京《みやこ》には、「西洋」の基礎をなした物語を抱えてシルクロードを経て開封にたどりついたユダヤ人たちがいた、という史実に気がついたからである。

あの絵に描かれている群衆の中には、近代とは逆に東アジアへの移民がいたかもしれない、と思いながら、ぼくは開封の路地をむさぼるように歩きつづけた。開封は古代東アジアの最も著しい越境の場所でもあった。そのことがインスピレーションとなって、開封を舞台とした小説もノンフィクションも、日本語で書くことになった。

その間には、一冊の本となり、一本の絵巻となった「清明上河図」の複写をいくつも買って、新宿の部屋に持ち帰っては畳の上で広げて、何時間も、郊外の静かな風景から始まり、船と橋と、やがて駱駝が巨大な門の下をくぐってシルクロードに向かう場面のディテールをじっと眺めた。

「東アジア」と「都市」と「越境」をめぐる情念の巻物を開きながら。

開封には、そり橋と、船と、北宋のコスチュームを着た市民と、巨大な門の下には本物の駱駝までそろえたテーマ・パーク、「清明上河園」ができたくらい、あの絵は至高の名作なのである。しかし本物の「清明上河図」は北京の故宮博物院に保存されたまま、展示をされていない。想像の絵巻物、インスピレーションのイメージの連続体、ほとんど心象風景のように十五年間思いをめぐらせてきた「清明上河図」の、その実物は一生見ることはないだろうと、いつの間にか諦めがついていた。

今年の一月に北京故宮博物院の特別展が上野の国立博物館で行われ、その至宝として「清明上河図」がはじめて海外で展示されることになった、と知ったとき、ぼくはおどろいた。日中国交四十年を記念する行事なのだが、あの「清明上河図」が見える、しかも中国以外の場所で見える、というのは百年に一度の文化の出来事なのだろう。

一月のある日の午後、ぼくは上野の博物館に出かけた。平成館の二階には、何百人が列に並び、待ち時間は二百分のところ、ぼくも並んだ。あの絵をめぐる十五年の思い出が頭に浮かんだので、二百分は早く過ぎて、ついに特別展示室のカーテンが開いた。

まずはディテールの拡大写真の下を、八割が日本人で二割が自国でも実物が見られない中国人の列とともに、ゆっくりと進んだ。そしてつきあたりで列が曲がったその先には、ガラス・ケースの中に、実物があった。

ゆっくりとゆっくりと「清明上河図」が視界に入った。山水画のような自然から、川のほとりの人の住処が始まる。

十五年間ぼくの想像力をそそった伝説の絵の、そのオリジナルが小さい
のにおどろいた。船が現れた。その船一つ一つは数センチの長さもない。

ガラス・ケースに見入るぼくの顔と、左側の日本人の顔と、右側の中国人の顔の下で、あの橋が見えた。眺める鑑賞者たちの一人の手のひらに入るほど小さく、その上に、一人数ミリしかない市民たちの、一人一人の表情を、なんとか見ようとしたとき、「立ち止まらないで下さい」という日本語の声が耳に響いた。渋々と左へ動くと、五、六センチしかない「巨大な門」の中から、しかし確実に、駱駝が出ている。

よく知っている都市の風景が列車の窓の中から消えてゆくように、九百年前の市街の活気が数秒のうちになくなった。

黄河の南、方言の細道

島国から大陸へ出かけて、大陸から島国にもどる。大陸で見聞したことを、必ず島国の言葉で書く。そのような動きを近年くり返してきたのだが、結果として現われた日本語は、ときには小説、ときには主人公を「ぼく」から「かれ」にさえ変えればすぐに小説に変質しそうな、とても主観的なノンフィクションなのである。

元々は青年時代に日本に入りこみ、永住権すらなかったのに何とか手に入れた古い木造家屋から、今度は「外国」に向かう。その旅先となった母国のアメリカと、子ども時代に住んでいた台湾で耳に入った四声のある言葉が話されている中国大陸に向かう。しかしぼくにとって最も重要なのは、旅に出かけたということよりも、いずれの大陸からも島国の都市にある家にもどると、その大陸の事柄を日本語でつづる、ということだ。旅の終わりには必ずそんな「作業」がある、と意識しながら大陸の上を動くと、大陸は、それをただ英語で体験したり中国語で受け入れたりする人たちとは違った領域になると信じている。

大陸にいると、常に大陸を和訳しようとしている、という気がするのである。『大陸へ』というノンフィクションも、「アメリカと中国の現在を日本語で書く」という副題がついている。アメリカにしろ、中国にしろ、広大な大陸の事情と現代史を、けっして知りつくすことはありえない。たとえある時点では知りつくした、と思うことがあっても、和訳という作業はいつまで経っても終わらないだろう。ぼくが日本語のネイティブに生まれなかったからそう考えるようになったのか、アメリカ合衆国と中華人民共和国の「事実」を知りつくしても、それを日本語で書きつくすということはないだろう。同じ「ノンフィクション」の中でも、そこはジャーナリズムと文学の違いではないか、と大陸の事柄と感触を日本語で書けば書くほど、思う。

黄河より南へ百五十キロほどのところだった。河南という一つの省には、ドイツの人口と日本の人口のおよそ中間の人数、一億人がいる、と数千人から一万人が道の両側にあふれる古い国道を走りながら実感する。他の言葉より前にまず数字が思い浮かぶ領域の中を、数時間走ると、国道がとつぜん分岐する。その道は、省道というのかそれとも村道とでもいうのか、それも分からないが、細道の方を選んでしばらくは走りつづける。

細道がすこし上り勾配になったところ、その両わきの家がすべて黒ずみはじめたのにぼくは気がついた。いつか写真で見た十九世紀のイギリスの産業都市とも似た、なすりつけられたような黒色だった。黒ずんだ家並の前を、灰色がかった羊の群れが通り、石炭粉が薄くふりかかった白菜をつんだ小型トラックと、大都会からぼくが乗りこんだセダン車が何度かすれ違った。

大都会を遠く離れた、「田舎」に違いない。が、その「田舎」はすこしも牧歌的ではない。大都会からかぎりなく遠く離れた奥地でも、けっきょくは「農村」と「都市」の境界がぼやけて、

rural slumという英語を思いだす。その英語は、二十世紀末の日本文学の領域であった「路地」を論じるに際して、その最高の解釈者が使った英語であった。中国大陸の奥地で喚起された英語は、日本文学を介して浮かび、日本文学の記憶とともに、異なった風土の中で甦った。

黄河の南の、一億人がいる省は、古代文明発祥の「中原」でもあるが、百年前からは貧農と出稼ぎの代名詞となり、「近代にやられた田舎」というもう一つの歴史がある。日本語の「路地」とは簡単に比較することはできない。中国大陸を渡り歩く前にぼくが知った日本列島のいくつかの「奥地」とも容易にイメージを重ねることができない。ただ、黄河の南の山奥の、おびただしい農民の領域に踏みこんだとき、二十世紀末の日本語の中で生きていたことによって、中国大陸にはアメリカ大陸の言葉でしかそこを描けない書き手たちにはないだろう、もう一つの表現の可能性が常にある、と感じた。

「近代」に染まった「田舎」に踏みこんだとき、近代の日本語を読み、近代の書き手たちが創り上げた日本語をぼくも書くようになった、その上でこの風土を体験しているのだ、と分かった。そして中国大陸は、英語で書けばジャーナリズムになり、日本語で書けばもしかしたら文学になるかもしれないという、予感のような、個人的な結論に至ったのである。

山という山には小さな炭鉱の坑口が点在していた。山間《やまあい》の細道を走れば走るほど村落が都会さながらに密度を増し、その家々はことごとく煤《すす》におおわれていた。

何度も何度も、「黒ずんだ」という日本語がぼくの脳裏に浮かんだ。そして日本のどこの農村を描くのにもそんな日本語を使うことはなかった。そう思うと、風土そのものに対してのとは別の驚きを覚えた。

細道は、増してゆくばかりの黒さを貫くように、炭鉱にくっついて生きている農村の中を、曲がりながら通りすぎて行った。やがては古いアスファルトの陸橋にさしかかった。陸橋の下では、石炭をつんだ貨物列車がゆっくりと通っていた。

陸橋でセダン車を降りてみた。降りたとき、たちまち二十人に囲まれてしまった。二十人は「農民」なのか「労働者」なのか「炭鉱夫」なのか、見分けがつかなかった。島国より百年おくれて、だから島国より加速度的に、近代化にさらされた「田舎」で、ぼくは一人で立ちどまった。耳には一斉に声が入った。その声はすべて、方言以上に不可解な、中国語でいうところの「土語」だった。「土語」は、広大な大陸の狭い地域にしか通用しない、そして外《よそ》の人に通用するとは誰も思わない言葉なのである。

新宿の家から出発して、中国大陸へ渡りつづけて、そのうちに大陸の言葉が、表現者のように、ではなく、聞き手として、ぼくはかなり聞き取れるようになった。だが、黄河の南の山奥の、方言をはるかに超えた「土語」は、分かる部分より分からない部分が圧倒的に多かった。

旅先では、「何となく分かる」場所から、「ほとんど分からない」場所へとたどりついた。そして「分からない」場所の方は、リアリティがあり、世界に接しているという手ごたえもあった。

黄河の南、「都市」なのか「田舎」なのかについて、解釈が麻痺する場所で、究極的な訛りが聞こえてしまった。

陸橋の下は切れ込んだ渓谷だった。渓谷の両側に繁った樹木は黒い煤におおわれていた。陸橋の上は、ぼくに質問をつきつける「土語」の声で騒然となっていた。

分からない、実に多くの声の中から、よく耳をすませば分かりそうな声も一つ、二つ、聞き分けられた。

フィクションになるのかノンフィクションになるのか、とにかく「分かる」と「分からない」の間で心がゆらぎ、分かるはずがない、と青年時代にしきりに言われた島国の言葉で、この場所を書こう、と思い立ったのである。

日《ル》本《ベン》人《レン》が創った家

アメリカからはじめて日本に渡った青年時代以降、ぼくは、数えれば三十軒ほどの木造アパートを転々として生活をしていた。今の住処も、第一東京オリンピックの前の年、昭和三十八年に建てられた木造家屋である。新宿区内に残っているわずかな未舗装の路地、その奥にある家はまさに年代物である。

今でも土間のままの玄関から上がると、家の奥へつづく板の廊下がある。家の奥は薄暗い。廊下を踏んで歩くと、和室のガラス戸がかすかに揺れる。その音を聞くと、川端康成の『雪国』の中で、古い温泉宿の黒光りの廊下を歩くと客室のガラス戸が揺れる、という描写を思いだす。

二十一世紀の大都会の家なのに、その奥には日本の近代の古典的なイメージと音が甦ることが、日常的にある。非西洋の中でほとんど唯一、百余年前から西洋に対峙できるほどの近代文学を創り上げた国で、その日本語を読み、またはその日本語を書くようになったぼくは、木造の空間から常にインスピレーションを得ている。

西洋人で生まれた、だからこそ西洋にない感性が細部にまでしみこんでいる住《す》まいを求めてきたのだろう。時代に逆らうほどの日本家屋へのこだわりには、確かに「西洋から日本へ」という文化志向が、ぼくの大人の人生の大部分、働いていたに違いない。

しかし、「木造」への執着には、実はもう一つの理由があったことを、最近の出来事によって意識させられた。

ぼくは五歳から十歳まで、アメリカ政府関係の父の仕事で、台湾に住んでいた。台湾海峡に面している西海岸近くの、島の中央あたりに位置する台中。その町の外れには、「日本人《ルベンレン》」が創ったといい、ぼくがいた頃より十数年前の一九四五年にその「日本人《ルベンレン》」が去ったという村があった。その村の名前は「模範郷」だった。「日本人《ルベンレン》」のあとに、そこにアメリカ人が住みついた。「模範郷」を誰も「もはんきょう」とは呼ばなかった。中国語で「モーファンシャン」、あるいは英語でModel Villageと言った。

その「模範郷」の中に、ぼくの少年時代の家があった。

ぼくの家には日本語の声は聞こえなかった。なのに、ぼくの家は「日本の家」そのものだった。ゆったりとした平屋で、広々とした土間の玄関を上がると、長い板の廊下が始まった。右には父の書斎、左には日本人が「応接間」と呼んでいた、と大人になってから分かった、じゅうたんを敷いた空間が開き、その向うでは強い陽光を受けて光る黒い板の廊下が家の奥へとつづいていた。そこにはタタミの部屋が二つ三つも並び、その一番奥がぼくの寝室だった。

「応接間」近くのガラス戸越しに、「日本人《ルベンレン》」が残したという広い庭の、背後に築山もあった池の水面に泳ぐ鯉のきらめきをぼくは目で追っていた。

その「模範郷」の家を去ってから、一度はアメリカにもどった。高校を卒業してはじめて日本に住み、やがては四十歳で日本に定住した。

亜熱帯の日本家屋が記憶の家となり、夢に出てくる家となり、小説の中の家にもなった。だが、その間に、一度も台湾にもどることはなかった。日本では経済発展に伴った「木造の世界」の解体を十分経験していたから、たぶん、記憶の家とその町の変質ぶりを直視することを、ぼくは恐れていた。

少年時代の日本家屋を離れてから、五十二年が経っていた。ある日、台中の大学から、模範郷の家をいっしょに探しに来ないか、という誘いが来た。ドキュメンタリー映画の話も出た。ぼくはすでに還暦を過ぎていた。少年時代の家にいた両親も弟も他界していた。しばらくはためらったが、最後のチャンスだと思って、行くことにした。

台北から新幹線に乗り、一時間ほどで、高層マンションがぎっしり建っている台中に着いた。四十年前の地図をたよりに、大学のバンで、模範郷があった辺りに向かった。

模範郷は大都会にのみこまれて、模範街と名前が変わっていた。ぼくの家のあった場所をつきとめた。案の定、その家は地上から消えていた。

記憶の中のとなりの家も向かいの家もなく、すべてがマンションとコンビニとレストランに変貌していた。

あきらめたところ、ある記念館に案内してもらった。説明を聞くと、蔣介石と対立した国民党の将軍が三十年ほど監禁された建物だそうだ。元は日本人の家だった。監禁の家として利用されたので、その一軒だけは、模範郷の時代のまま保存されているという。

古い木造の家にぼくは入ってみた。

広い土間の玄関から上がると、右には書斎、左には応接間、そして板の廊下が和室の連なる奥へとつづく。将軍の家は、ぼくの家とまったく同じ間取りだった。

廊下の上を歩きだすと、五十二年ぶりに自分の家に帰れた、という静かなよろこびが胸に込み上げてきた。

ぼくの国にはない、だが、まぎれもなくぼくの家の、奥へ奥へ歩き続けた。ガラス戸というガラス戸に亜熱帯のまぶしい光が流れこんで、「日本人《ルベンレン》」が敷いた廊下の黒光りの板を次々と照らし出したのである。

新宿の部屋の「こころの玉手箱」

台湾の模範郷

自分の家はどこにあるのか。

ぼくはアメリカで生まれて、大人の人生の半分以上を日本で過ごし、今は日本の永住者になっている。だが、記憶の最古層にある「自分の家」はアメリカにも日本にもない。

五歳から十歳まで、父の仕事関係でぼくは両親と弟といっしょに台湾に住んでいた。台湾のほぼ中央に位置する台中という地方都市、その町外れには模範郷という場所があった。

その模範郷は、三十戸ほどの「村」だった。しかし、台湾人の農村ではなかった。日本統治時代に創られた、日本人の住宅地だった。一九五六年に住みついた家は、実は「日本人《ルベンレン》」が造ったのだ、という話が中国語でぼくの耳に入った。

一九四五年に日本人がいなくなった村は、「もはんきょう」ではなく、「モーファンシャン」と呼ばれていた。アメリカ人の家族が、中国語の説明を聞きながら住みついた、広々とした日本家屋。畳部屋と板の間と、亜熱帯の陽光を受けて黄ばんだ障子と、庭の池に泳ぐ鯉と、池の背後の築山。それがぼくの一番古い記憶の家なのである。

「自分の国」にはなかった、しかしまぎれもなく「自分の家」。十歳で台湾を去り、永久に離れた日本家屋は、幻の家となり、夢の中の家となった。現実の東アジアにあった家は、西洋より激しい近代化によって解体されただろうと、町並みがすばやく衣替えする日本に住んでいて、十分想像することができた。

ワシントンで母が九十歳で亡くなり、日本に送られてきたその遺品の中に、半世紀前の台湾の白黒写真が大量に入っていた。写真の中の「時代」はくっきりと映っていた。大日本帝国の頃から残った、高い塀をめぐらしている家並と、その前の未舗装の大通りを歩く、日にやけた農民と、国民党軍の兵士たち。亜熱帯の島に「日本人《ルベンレン》」が造った家の、その床の間の前に並ぶ、ぼくの家族の写真が、二十一世紀のぼくの目にやきついた。

白黒写真が今の東京の家に届いた、そのすぐ後だった。台中の大学から、いっしょにあの家の場所を調べに来ないか、というさそいをもらった。ぼくは五十二年ぶりに台中へ出かけることになった。幻の日本家屋を探しに行く、という体験から、日本語の小説を一つ書いた。

『模範郷』という作品を刊行した。多くの読者から、失われた子ども時代の家を思いだした、というコメントをもらった。多くの現代人には、現実から消えたもう一つの「自分の家」があることに、ぼくは気がついた。

プリンストン大学

「ここは昔アインシュタイン博士の研究室だった。今は私の研究室になっています。これでプリンストン大学はどれだけ落ちたか分かるでしょう、はっはっは」

学部長はよく来客にそんなジョークを言った。

アイビー・リーグのアイビーこと蔦《つた》におおわれている古い赤レンガの建物が、アインシュタイン時代の数学部から東アジア学部に変わった頃、ぼくは十七歳の一年生だった。十七歳から三十四歳まで、学部生、大学院生、助教授として、ぼくはプリンストンにいた。ヨーロッパ文学も中国文学も学んだが、主に日本文学に専念した。

そしてその間に、あらゆるチャンスをつかんで、奨学金と研究費をもらいまくり、なるべく日本に滞在しようとしたのであった。

赤レンガと、イギリスの城をまねた大理石の校舎からなる、古典的な西洋の香りが漂うプリンストン大学の中で、ぼくは谷崎潤一郎の『春琴抄』を読み、大江健三郎の『個人的な体験』を解釈し、そしてはじめて日本語の古文を学んだ。三十歳になる前の頃から、赤レンガの数学部の中に作られた東洋図書館にとじこもり、一万里離れた実際の大和を思いだしながら『万葉集』の短歌と長歌を英訳してみた。

授業が終わるとその翌日に飛行機に乗り、日本に渡った。その年の「日本」が終わると、またプリンストンにもどった。

まさに近代西洋の知性を受けついだ場所で研究される「日本」と、現実の日本との間に行ったり来たりして、二十年近く生きていた。

ある時期から、現実の日本に定住したくなった。そのまま一生「外部」にとどまり研究だけをつづける、と思うと空しい気持ちになり、日本の内部で生きて日本語を書きたい、という切望にかられた。

プリンストンから、日本に近い西海岸のスタンフォード大学に移った。やがては「近い」だけでは足りなくなり、四十歳になる前にスタンフォードの教職を辞任した。

新宿の路地裏のアパートに住みついた。和室の奥行きのある押し入れに、ラテン語でつづられたプリンストンの博士号証書をしまいこみ、座卓の上に日本語の原稿用紙を広げた。

新宿で買った原稿用紙

どこに住んでも手の届くところに置く必需品は一つだけ変わらない。

それは日本語の原稿用紙である。ワープロが当たり前の時代になって久しいが、ぼくはかたくなに、日本語なら原稿用紙で書く。

原稿用紙をはじめて見たとき、ぼくはまだ日本語が書けなかった。たぶん十八歳か十九歳だった。日本語を読むことすら、それほどできなかった。

四百字詰めの原稿用紙を、日本のどこではじめて目にしたのかは、まったく記憶にない。だが、三十歳になる前に、縦に並ぶマスを、もしかしたらいつか自分の日本語でうめることもできるかもしれない、という希望にも似た直感によってはじめてそれを買った場所は、よく覚えている。

その場所は新宿、紀伊国屋書店のうらにあった文房具店だった。

紀伊国屋の二階には新しい日本文学の棚があった。大江健三郎から中上健次まで、時代の最先端の小説がそこに並んでいた。

紀伊国屋を出て、歌舞伎町に向かおうとする。「日本の現代文学」の場所から、官能がうずまく無秩序の、「新宿」の最も新宿らしい領域にちょうど足を運びだしたところに、原稿用紙の売り場があった。

ニューヨークにも似た知性と自由、それにアジアの路地の混沌とした感性、その両方を奇蹟的に備えた新宿で、自分が体験した「現代」を、母語の英語ではなく日本の都市の言葉で、「おまえも書いてみたらどうか」と誘惑しているように、日本にしかない形の白紙がぼくの目に入った。

四百字詰めの原稿用紙を二百枚、そこで買った。そして荷物に入れて、太平洋の上を飛んでいった。アメリカに入国した際、税関では見慣れない所持品について、「Japanese manuscript paper」と説明したところ、不思議な顔をされた。

新宿で買った原稿用紙をスタンフォード大学に持って帰った。カリフォルニアの太陽の下で黄ばんだ紙の、その縦の線にすこしずつ、断片的に、日本語の文章を書いた。

その文章がやがては『星条旗の聞こえない部屋』という小説になった。その小説が紀伊国屋のあの棚に現れたとき、ぼくにとっての一つの「新宿」が完成した。

農民からの贈りもの

日本から中国大陸に渡る。日本にもどると、中国大陸を日本語で書く。作家として、近年、それが面白い。

かつては閉ざされていた広大な領域の中で、外国人が自由に移動できるようになった。それは文学のチャンスでもあると思って、大陸へよく出かけるようになった。

最初は、北京や上海しか知らなかった。そのうちに「発展」に酔ったきらびやかな大都会を離れて、大陸の奥地に向かった。そして、いつの間にか河南省に踏みこんだ。

一つの省には一億人がいる。その大多数は農民である。古代の遺蹟も多いが、近代の歴史の中で飢饉の被害にも遭い、「貧困」の代名詞にもなった。

河南省は、最近は特に都市部の経済発展がめざましい。かつては馬車を見かけた道路にアウディが現れた。

現代の「それ以前」の場所を求めて、都市部からさらに旅立ち、「奥地の奥」へと足を運んだ。そして山間部のある村にたどりついた。古い炭鉱に隣接した農村である。「土語」と呼ばれる村の方言がすこし分かってきたところ、村民たちと知り合いになり、友達にもなった。

あるとき、農民からプレゼントをもらった。金持ちから豪華なものをもらうより、貧乏人から簡素な贈りものをもらった方がうれしい。

ぼくは「古いもの」が好きだと分かったようだ。その「古いもの」も、美術品や骨董品ではなく、二十世紀の歴史、資本主義側のよそ者が大陸に上陸できなかった時代の、生活の光と闇が伝わるもの。土と油にまみれた人民服、色あせた毛沢東のポスター、かつての「人民」に配られた食料配給券。

そして家の中に電気がなかった時代の、石炭油のランプ。たった二十年か三十年前のものなのに、そのランプはもはや古代文明の土器のようににぶく光っていた。

もらったとき、ぼくらは昔、みんな農民だった、という思いが脳裏に浮かんだ。新宿の路地裏の家に持って帰ったとき、あの大陸の、この質感をどうすれば日本語で表せるのか、とまた思いをめぐらしたのである。

チベットの仏画

谷底の標高が富士山の山頂より高く、「世界の屋根」といわれる場所だが、はじめてそこへ踏みこんだとき、厳しい自然環境以上に、そんな環境の中で書かれている独特な文字がぼくの目にやきついた。一千年以上、その文字によって生と死をめぐる思考が記されてきたという事実に気づくと、チベット高原の上でぼくの想像が踊りだした。

大陸の東に連なる島国から大陸に渡り、ついに西の果てにたどりついた。チベット語をはじめて耳にした瞬間、これで「東アジア」の行くべきところまで行った、というよろこびを味わった。

究極的な場所にようやく到達したよろこびは、還暦に近い年齢にふさわしいかもしれない。高山病の漢方薬をぐい飲みして、足早のチベット人参拝者たちの後ろでへとへととなって、巨大な寺院の周囲を時計回りに歩きながら、そう思った。

文学の歴史が長い日本の、一人の作家となってから、チベット文化に触れた。だからだろう、あれだけ文字が発達したのにかれらの古典文学には小説が存在しなかった、ということに驚いた。『源氏物語』もなければ『紅楼夢』もなかった。叙事詩や抒情詩の伝統はあったが、文字は主に仏典を読むためのものだった。小説を書く文化の「外」へ出てしまった、というとまどいによって、異境に到達したという感情がさらに深まった。

仏典のチベット文字の前で「非識字」となった、そんなぼくにも分かるものは、大寺院で売っている「唐卡《タンカ》」という仏画だった。高僧の手による精緻で雅《みやび》やかな絵は、その値段も安くない。「あなたは信心で買っているのか、それとも美意識で買っているのか」と僧に聞かれた。「文化への尊重で買っている」と答えた。崇高なるカルチャーショックのしるしとして、と言いたかった。

新宿の家の、和室の襖《ふすま》の前にかざしたあの高原の仏画を見ながら、文字に関わって東アジアに生きてきた自分の人生をよくふりかえる。そしていつかは日本語で「チベット小説」を書く、という夢にふけることもある。

あとがき——「バイリンガル・エキサイトメント」について

「バイリンガル・エキサイトメント」ということばは、長い間、ぼくの頭のどこかで響いていた。だが、通常の文学論にはない言い方だからだろう、そんなことばを実際に人の前で口にしたことはなかった。はじめて言いだしたのは、大江健三郎氏との対談の座だった。

大陸生まれという説もある、実際に大陸的な発想を日本語の長歌に盛りこんだ万葉歌人の山上憶良の話をしたとき、そこには「バイリンガル・エキサイトメント」が感じられる、と言ってみた。大江氏はすぐにその言い方を肯定的に受け入れた、だけではなく、大江氏自身が青年時代にフランス語に直に触れて、それによって「新しい日本語の森が立ち上がってきた」ときに、「バイリンガル・エキサイトメント」を感じた、と言った。そのような経験を戦後最大級の表現者が語ってくれたことで、ぼくは感動を覚えた。と同時に、創作の一つの真実を確かめることができたという気がした。

その対談は『越境の声』という本に収録された。そのあとも「バイリンガル・エキサイトメント」はまた違った場所で現れて、また違った意味を帯びながら、言葉の表現についての一つの「考えるヒント」となりつづけたのである。

「バイリンガル」は一人の作家が文字通り二つの言語で書くという意味だとはかぎらない。とにかく母から学んだ以外の、もう一つの言葉に身をさらされながら、あるいは身をさらしたという経験のうえで文学を書くときに、そんなエキサイトメントが生じるし、表現の歴史の中からもそんな感情がたびたび伝わる。

多言語的高揚感、とでもいうべきなのか。単なる英語ではけっして浮かんでこない、日本語独自のカタカナによって生まれた「エキサイトメント」は、古い言葉にも新しい言葉にも宿る。

二〇一九年二月

リービ英雄

初出一覧

Ⅰ　その直後の『万葉集』――三つの講演

その直後の『万葉集』……公益財団法人JR東海生涯学習財団主催「講座　歴史の歩き方」（二〇一一年五月十九日、よみうりホール）本書が初出

中国大陸、日本語として……日本中国学会第六十六回大会特別講演「大陸、日本語として」（二〇一四年十月十一日、大谷大学）本書が初出

新宿のlight……ウィーン大学講演「Ekkyô no koe 越境の声――Voices across the Border of Japanese」（二〇一五年十月七日）本書が初出

Ⅱ　多言語的高揚感――三つの対話

大陸のただ中、世界の物語を探して……「世界」二〇一四年五月号（原題「大陸のただ中、世界の物語を探して――河南「一億人の省」を書く」）

危機の時代と「言葉の病」……「世界」二〇一六年一月号

東アジアの時間と「私」……「世界」二〇一六年十月号（原題「『模範郷』を読む――東アジアの時間と「私」」）

Ⅲ　路地裏の光――島国と大陸をめぐる十五のエッセイ

奈良の京《みやこ》、ワシントンの涙……「東京新聞」二〇〇九年一月七日夕刊～六月二十四日夕刊（連載「放射線」）

＊本書に収録するにあたって、内容に加筆・訂正をほどこした。

翻訳と創作……「群像」二〇一一年十月号
最後の下宿屋……「青春と読書」二〇一六年四月号
書き言葉に宿る「表現」の力……「中央公論」二〇〇六年六月号
古い日本語の「新しさ」……「群像」二〇一七年一月号（原題「柿本人麿「吉野の宮に幸し時に、柿本朝臣人麿の作れる歌」——古い日本語の「新しさ」」）
大和の空の下——わが師中西進……「中央公論」二〇一二年二月号
沈黙の後、生まれる表現——東北を旅した記憶……「東京新聞」二〇一一年九月十一日夕刊
日本語と温泉……「群像」二〇一五年十月号
草原で耳にしたノーベル賞……「日経新聞」二〇一二年十一月十一日朝刊（原題「莫言の消息」）
スノビズムをやめよう……「群像」二〇一三年四月号（原題「対話の記憶」）
『アメリカ感情旅行』の声……「朝日新聞」二〇一六年十一月六日朝刊（原題「（文豪の朗読）安岡章太郎「アメリカ感情旅行」リービ英雄が聴く」）
清明上河図……「図書」二〇一二年三月号
黄河の南、方言の細道……「すばる」二〇一二年九月号（原題「黄河の南、日本語として」）
日本人《ルーベンレン》が創った家……「日経新聞」二〇一六年四月十日朝刊
新宿の部屋の「こころの玉手箱」……「日経新聞」二〇一六年七月二十五日〜七月二十九日夕刊（連載「こころの玉手箱」）

リービ英雄
作家，法政大学国際文化学部教授．1950年カリフォルニア生まれ．少年時代を台湾，香港で過ごし，67年に日本に初めて住む．プリンストン大学大学院博士課程修了後，プリンストン大学，スタンフォード大学で日本文学の教鞭を執る．82年万葉集の英訳により全米図書賞を受賞．89年から日本に定住．92年デビュー作『星条旗の聞こえない部屋』により西洋出身者として初めての日本文学作家となり，野間文芸新人賞を受賞．その後，9・11を題材にした『千々にくだけて』で大佛次郎賞，中国を題材にした『仮の水』で伊藤整文学賞，台湾を題材にした『模範郷』で読売文学賞を受賞．ほかの著書に『日本語を書く部屋』『英語でよむ万葉集』『我的日本語』など．

バイリンガル・エキサイトメント

2019年3月14日　第1刷発行

著　者　リービ英雄《ひでお》

発行者　岡本　厚

発行所　株式会社 岩波書店
〒101-8002 東京都千代田区一ツ橋2-5-5
電話案内 03-5210-4000
http://www.iwanami.co.jp/

印刷・法令印刷　カバー・半七印刷　製本・牧製本

© Hideo Levy 2019
ISBN 978-4-00-061325-5　Printed in Japan

越境の声　リービ英雄　四六判二六四頁　本体二〇〇〇円
英語でよむ万葉集　リービ英雄　岩波新書　本体八二〇円
我的中国　リービ英雄　岩波現代文庫　本体九二〇円
日本語を書く部屋　リービ英雄　岩波現代文庫　本体八六〇円
エクソフォニー ―母語の外へ出る旅―　多和田葉子　岩波現代文庫　本体九六〇円

岩波書店刊

定価は表示価格に消費税が加算されます
2019年3月現在